eromanga sensei

青色漫畫老師 3

妹妹和妖精之島

伏見つかさ

插畫◆かんざきひろ

Kadokawa Fantastic Nove

情 ero manga sensei 色 漫 畫 老 師

第一章

和泉正宗／十五歲／高一。

我是個一邊上學一邊從事小說撰寫工作的兼職作家。

筆名是和泉征宗。

因為種種原因，從一年前開始跟家裡蹲的妹妹紗霧兩個人住在一起。

『想要盡早獨立自主，好養育家裡蹲的妹妹』——我曾經是這麼想的。

不過，這只是我太自以為是了。

要問為什麼的話，因為我的妹妹——銀髮碧眼的美少女和泉紗霧，她就是為我的小說繪製插畫的插畫家「情色漫畫老師」。

她從事的工作可比我更加了不起。

——就讓我，來養哥哥吧。

並且跟我有著相同的想法。

——這不是你一個人的夢想。讓它成為我們兩人的夢想吧。

一起工作的夥伴，和我一同懷抱著相同的夢想。

我對妹妹一見鍾情——雖然很乾脆地被甩了，但令人困擾的，我比以前要更加喜歡紗霧了。

每天都重新喜歡上她。

——我，有喜歡的人。

紗霧已經有喜歡的人了。

決定要成為「紗霧的哥哥」的我，應該要為她加油才是。

……但說來真沒出息，我現在還無法辦到。老實說……真的很痛苦。

不過幫助「紗霧走出房間」這件事，我還是會繼續努力。

為了讓妹妹能夠與喜歡的人見面。

『把妳帶出房間，兩個人一起觀看動畫！那將會是由我擔任原作，由妳繪製插畫，屬於我們兩人的動畫！』

因為那是我們的夢想。

這是現在的我所能想到，世界上最快樂的事情。

將所有悲傷的事情吹跑，兩人一起愉快地大笑。

第一章

我想要和她成為像這樣的一對兄妹。

時間來到八月，社會上已經開始放暑假了。

從學校獲得解放的我，這幾天完全沒去觀賞煙火大會，而是每天過著埋頭於工作的日子。

不是跟平常一樣待在自己家裡。

而是幾乎住在編輯部裡，連日進行原稿的修改作業。

也許有人已經忘記了，所以我重新說明一下。

我在七月舉辦的小說競技「輕小說天下第一武鬥會」獲得優勝，取得了九月的出版權利。新作小說《世界上最可愛的妹妹》的發售日，決定是九月十日。

太好啦啊啊啊啊啊！我就像個大棒揮出全壘打的打者般欣喜若狂。

就連現在也是一樣。

可是，因為這次的工作是「七月決定出版的小說，要在九月出版」的情況，所以可以說是一個非常忙碌的排程——不過就算這麼形容，大部分的人也還是沒什麼感覺吧。

如果加上一個說明，那就是我所屬的編輯部通常是在「發售日的三個月前截稿」，這麼形容的話，應該就稍微能夠明白了吧。

總之，希望你們能理解這種狀況繼續聽我說下去。

言歸正傳，最近我真的非常忙碌。

決定出版是在七月二十日。

接著我得在大約十天左右的時間內，把參加輕小說天下第一武鬥會的短篇，重新修改為長篇小說。跟責任編輯開會討論修正內容，將實際修正後的稿子請她閱讀，再次開會討論、修正、閱讀、修正、大吵一架、修正、大吵一架、修正——大概就是這種感覺，而到了昨天總算是完稿了。

「結……束了……」

這可不是比喻，我真的是滿身瘡痍地回家，酣睡如泥般地沉眠——

然後一路睡到現在才起床。

「呼啊啊……啊。」

在床上挺起上半身，伴隨著大大的哈欠一起伸個懶腰。

看著時鐘，時間是早上六點。雖然還想再睡，不過……

「好啦啊啊！起床吧！」

由於這幾天都不在家，我實在超級擔心妹妹。她有一天三餐都有確實吃吧？應該沒有感冒吧？

有好好洗澡，睡前記得刷牙吧？

最重要的，我想看看我最喜歡的紗霧的臉龐。

然後要向情色漫畫老師報告，說出「我完成一部超有趣的作品了！」這句話。

第一章

實際上，就算是完稿之後也還留有許多「第一集的工作」需要完成，所以還無法完全放心——但不管怎麼說，這總算是到達一個段落了。

咚，天花板發出聲響。

我與妹妹的新故事就此開始。

我從妹妹那接收到「催促食物」訊息後，迅速做好早餐，然後拿著托盤踏著輕盈的腳步走上樓梯。今天早上的菜單是雞肉沙拉配上水煮蛋，以及水果優格。雖然是符合妹妹喜好的清淡口味，但今天我也打算吃一樣的早餐。一來是這幾天都吃超商的便當——再來就是還有另一個重要「提案」的關係。

「紗霧，早餐弄好嘍～」

我朝著「不敞開的房間」呼喊。

平常時，我會直接把托盤放在地板上，然後離開。

但我今天就這麼端著托盤，靜靜地等待。

我知道紗霧不喜歡與他人面對面接觸。

不過最近——雖然只是偶爾，她也變得願意跟我碰面了。

而且還結交了像妖精或惠這些能夠稱為朋友的人。

所以——不……還是不要再欺騙自己了。

我只是想跟妹妹見面而已。無論如何都想看到她的臉。

「……真傷腦筋。」

明明曾經有一年之間完全沒有見到面。但最近的我還真是……

啊啊，該死。好想快點看到紗霧啊……

因為就這麼低頭懊惱著……

所以就聽漏了嘎吱的聲響。也因此，害我完全中了奇襲。

「──咦？」

抬頭一看，「不敞開的房間」的門扉已經完全打開。

突然間，穿著浴衣的銀髮美少女紗霧──現身在我眼前。

「……………………你果然，還在這邊。」

抬頭看著我的妹妹，並不像以前遇上同樣狀況時那麼驚慌。

看來她已經預測到哥哥的埋伏──這不重要啦！

「……紗、紗霧……？妳、妳這……裝扮是……？」

喜歡的女孩子出乎意料地穿上浴衣，我在這種奇襲下目睹這身裝扮，一時間差點就被擊沉。

實在太過楚楚可憐了。感覺腦袋在瞬間變成沸騰的熱水壺。

甚至看到了天使們從天而降的幻覺。

紗霧低著頭，輕聲細語地說：

「……那個……就是…………浴、浴衣。」

可愛到會讓人失神。

浴衣看起來感覺很難穿，真虧她能一個人穿上。

另外紗霧並沒有戴著平常使用的耳麥。也就是說，她只用自己的聲音在說話。妹妹抬頭偷瞄我。

「…………嗚嗚。」

她似乎有話想說。

會是什麼呢？如果她不說出口的話，我也無法得知啊。

我把托盤交給紗霧，然後這麼問她：

「為什麼……穿上浴衣了呢？」

「…………」

看來我這態度是「答錯」了。紗霧哼的……鼓起她圓滾滾的臉頰。

她把從我手上接過去的早餐放進房間後……

「因為…………」

不管怎麼等待，都聽不見「因為」的後續。會是什麼難以啟齒的事情嗎？

所以雖然我不清楚妹妹的意圖，但還是自己拚命地思考著。

浴衣。說到浴衣就是夏天。浴衣與夏天。現在是八月一日。上個月是七月。說到夏天

嘛——

「是煙火大會嗎？」

「咦？」

紗霧瞪大了雙眼。

這麼說來，足立區在十天前左右，也就是「輕小說天下第一武鬥會」結果發表那天吧——荒川河畔似乎舉辦了煙火大會。我剛好是從那天晚上開始去編輯部進行修正作業，所以沒有去觀賞。

「難道說，妳想……去看煙火大會嗎？」

真的是這樣的話，那我……真是差勁透頂了。

就算想去看煙火大會，但是又無法走出房間……我竟然好幾天不在家，放這樣的妹妹孤單一個人——

「才、才不是！」

看到我臉上失去血色，妹妹慌忙地否定。

「煙火……從這邊也能看到……而且也在電視上看過了……那些攤販，倒是稍微有點羨慕。」

「妳果然還是很想去嘛。抱歉，我——」

「但、但是！這跟我穿上浴衣沒有關係！所以……哥哥你……別在意！因為你很努力工作！」

「………………」

總覺得我現在的心情……就像個臨時有事得取消去學校參觀授課，卻還被女兒安慰的父親。

總之將紗霧的主張整理之後似乎就是「雖然想去煙火大會，但會穿上浴衣跟這點沒有關聯」這樣的意思。我也想不出她需要說謊的理由，所以應該是真的吧。

「那……是為什麼呢？」

「沒、沒什麼啦！」

紗霧把留有興奮餘韻的通紅臉龐，快速地轉過去。

看來她是不打算回答我了。不過，算了。對我來說，能夠跟穿著可愛服裝的妹妹見到面，就已經十分幸福了。

只不過，關於煙火大會這件事，得要好好思考一下才行。

雖說八月也有舉辦煙火大會沒錯——但她無法離開房間這點還是沒有改變。得來想些辦法才行。

「…………哥哥，你在想些什麼？」

紗霧抬頭偷瞄我，然後這麼問。

對我來說，當然是想把這企圖當成祕密隱藏起來，於是我回答她不同的答案。

不過我也不忍心對妹妹說謊，所以說出口的也算是真心話。

「嗯，就是覺得……妳穿浴衣的樣子好可愛。」

「……是、是嗎！」

「該怎麼形容呢——」

「嗯、嗯嗯！」

「跟村征學姊好像。」

「————————————————」

奇怪？

……氣氛怎麼好像凍結了。

「…………哥哥你，剛才說了什麼？可以，再說一次嗎？」

「這、這個嘛……」

紗霧瞇上眼睛的樣子，超恐怖的！好像什麼超S的蘿莉型角色。

「我是說……妳穿浴衣的樣子，很可愛……就像村征學姊……一樣。因、因為啊，妳可能不太清楚，但那個人平常就都穿著和服，非常漂亮喔！所以……就是說，妳也是一樣地——」

「哼～～～～～～～～」

咦？咦？為、為什麼她的心情越來越差了……？

我明明全心全力地在稱讚她啊！

「比起這種事情……我說，哥哥……」

「嗯？」

「你被那個人，告白了對吧？」

「！」

突如其來的爆炸性發言，讓我全身僵硬地說不出話來。

話題突然改變——使得我又再度遭受奇襲。

沒錯。就是那個讓人想忘也忘不了的七月某日。

我與充滿恩怨情仇的宿敵，同時也是偉大的輕小說作家前輩千壽村征老師對決，然後——

——我喜歡你。

被當場告白了。

被年紀比自己小又超可愛的學姊，做出出生以來第一次愛的告白。

「為、為、為……為什麼……妳會知道……」

那段對話是在家裡一樓——也就是客廳發生的才對。

紗霧應該不可能聽得到啊。

「那種事……我當然知道。我感覺得出來。因為那個人，跟哥哥是一樣的。」

紗霧以略帶彆扭的語氣回答。她指著書架上的月刊輕小說JUMP。

「她用跟哥哥一樣的方式，對哥哥告白了吧。」

「是……這樣啊。」

紗霧一定比任何人都清楚。

村征學姊把要刊載在雜誌上用來一決勝負的一百頁小說——拿來傳達她對我的愛意。

就像我用長達三百頁的情書，對紗霧做出愛的告白一樣。

學姊所寫的小說（情書）跟我的不同，完全沒有進行任何掩飾或偽裝……了解內情的人只要看過就會察覺了。

具體來說，就是我、紗霧、妖精——還有責任編輯神樂坂小姐也是。

在同行裡頭，說不定也有人發現了。

回頭想想，村征學姊還真是搞出一個不得了的事件。

真是位瘋狂的大小姐。

「看過那篇小說後——就可以清楚感受到……那個人………………有多麼喜歡哥哥。可是，我不知道，哥哥是怎麼回答她的。」

「我拒絕了喔。」

我很自然地這麼回答。

「我告訴她——我有喜歡的人。」

很湊巧地，這跟紗霧拒絕我時，是完全相同的台詞。

「是、是……這樣啊。」

一瞬間……紗霧露出開朗的表情——本來還這麼想，結果她馬上又嘟起嘴。

真是不可思議的反應。才不過幾秒之內，表情竟能如此千變萬化。

「哦……喔……雖然我也不是有興趣才問的……不過是這樣啊！」

紗霧雖然看起來面無表情，但其實她是很容易把感情寫在臉上的類型——但是現在這樣我還真是搞不懂。

「結果……那個人的……回答是?那、那個，我也不是因為好奇才想知道喔。」

「她說『我知道了』。」

跟我當時一模一樣的台詞。村征學姊果然跟我非常相似。

不管是小說風格、小說的喜好以及工作的方式。雖然每一項無論好壞等級都比我高出好幾倍——但我真的覺得很有親切感。

「…………她完全不知道。」

「咦?」

對於我的疑問，紗霧瞇起眼睛並嘟著嘴。

「她絕對，不知道。就算以為知道也還是不知道。因為那個人跟哥哥一樣。只是『情況不同』，所以這樣子，事情可能又會變得更加詭異吧……我猜的。」

「什、什麼意思?」

「哼！」

紗霧沒有回答我的問題，而是把手交叉在胸前說：

「所以——哥哥你現在，對那個人，是怎麼想的？」

「問我怎麼想啊……那當然是……喜歡吧。」

「啊？」

紗霧皺起可愛的眉頭。接著用低沉的聲音：

「……你剛剛，不是才說拒絕她的告白了……？」

「拒絕了啊。我現在不可能跟學姊交往。因為我有喜歡的人——但是，被告白我還是很高興，我的小說對她而言還是世界上最有趣的——因為是第一次有人這麼對我說……所以我變得非常喜歡她。」

告白這個行為，真的很厲害。

明明是三年來都被我當成宿敵怨恨的對手，只靠這一擊就把所有負面印象都消滅得無影無蹤。

對這個完全肯定自己的對象，也變得只會看到她的優點。

就連稱讚最喜歡的妹妹時，也會拿她來形容。

「唔、唔嗯……唔嗚嗚…………」

紗霧以一臉複雜的表情低吟著。接著又抬頭瞄我一眼。

「……有多，喜歡？」

「嗯，呃…………這個嘛……現在的話，大概是世界上第二喜歡……吧？」

連我也對自己說出「我變得如此喜歡那個人」這件事感到吃驚。

「第…………………第一是？」

「那是…………」

「是誰？說啊。快點。」

被她以強大的魄力逼問，我只好無可奈何地指著眼前的紗霧。

「……是、是妳。」

「～～～～～～～～～～～～～～～～～」

紗霧緊閉上雙眼，臉龐也變得通紅。

明明就是她自己要問我這種理所當然的問題，還真是搞不懂她。

「又、又來了！哥哥你……！為什麼，老素這樣……！」

紗霧一臉快哭出來的表情，嘴巴不停地開合。說出來的話有一半以上都講不清楚。

「就、就算被甩了，喜歡的心情也不可能一下子就改變吧！」

別人怎樣我是不知道啦，但至少我是這樣沒錯。

「就、就、就就就、就算這樣也……唔、唔唔～～～」

她不停地揮舞拳頭朝我打來，不過一點也不痛。

不知不覺間，話題好像整個偏離了。
啊啊可惡，雖然我也覺得很害羞！
但現在還是回到主題上吧！
「所以……紗霧。結果為什麼妳會穿上浴衣啊？」
「！」
瞬間，紗霧完全僵直不動了——
「笨蛋——！」
磅砰！「不敞開的房間」大門被用力地關上。
「喂、喂，紗霧……！妳是突然怎麼了啊！」
雖然努力地想讓她再把門打開，但門扉再也沒有開啟。
「……到、到底是怎麼一回事……」
結果——「要不要一起吃飯？」這個鼓起勇氣想提出的提案，還是沒有說出口。
——**『是我先的！我比妳喜歡更多更多！從最一開始就是我的！』**
紗霧當時對村征學姊奮力大喊的那句話，也沒辦法向她詢問其中含意。
一個人孤單地吃完早餐後，我為了轉換心情便外出散步。

第一集的工作告一個段落了，我的新作《世界上最可愛的妹妹》就只等著九月十日的發售日到來而已。

「好啦……我的新作結果會如何呢？」

大家能夠看得開心嗎？人氣可以高到讓我能繼續寫下去嗎？能夠獲得可以達成「我們的夢想」的讀者回響嗎？

這些事，不等到發售日到來，把書送到讀者手上之前無從得知。

雖然妖精或村征學姊一定會反駁我吧，但我覺得小說作品所擁有的「力量」，幾乎都是從讀者們身上獲得的。這並不是在撰寫階段就「存在」的東西，而是等送到他人手上，經過他們閱讀並且獲得樂趣後才開始慢慢累積——我認為是這樣的事物。

所以，現在這種撰寫完成，但還沒有送到讀者手上的狀態，讓我的內心充斥著期待與不安。

如果大家能看得開心就太棒了。但如果他們覺得很無聊的話，該怎麼辦。

不進行自我搜尋已經好一陣子了，但只要想像到發售日的事，身體就無法停止顫抖。自從第一次出版書籍的那天以來，這種感覺就完全沒有改變過。

「…………………」

涼爽的微風輕撫臉頰。

荒川的水面在朝陽的反射下，發出閃爍的光芒。停下腳步時，有個正在慢跑的老爺爺，精神抖擻地從我身邊跑過。

——稍微冷靜一點了。

「就算慌張也沒用，是吧。」

能從河堤向下眺望荒川的這個場所，是我從小就很喜歡的地方。

有時跟老爸在這傳接球，有時跟朋友一起抓蚱蜢，或者是釣螯蝦……練習騎腳踏車好像也是在這裡吧。

然後現在我成為小說家，在這裡思索戀愛喜劇的橋段。

身高長高了，發生了許多事情，老爸與老媽都不在了……

有了個妹妹。

河川的流動則不曾改變。

當我呼的吐口氣時。

「啊！找到你了！征宗——！」

有人大聲喊我的名字。

「哇啊！」

慌張地回頭一看，那裡有個穿著水手服的金髮美少女。

山田妖精——住在我家隔壁的暢銷作家……雖然是她沒錯。

平常總是穿著蘿莉塔風格的妖精，今天卻穿著國中的學校制服。明明沒去上學卻穿上水手服的樣子，看起來就像是在玩角色扮演而已。

「噗呼，大清早就一臉憂愁地待在這種地方！不愧是作家！好——帥氣——喔！」

「囉、囉唆啦！」

竟然把我感傷的氣氛徹底破壞掉。

「還有啊，妳那是什麼裝扮啊？」

「咦？這個？呵呵——如何啊？很可愛對吧。跟村征比起來——本小姐比她更加有魅力對吧。」

妖精把手插在腰際，一副跩樣地挺胸。

那是只要住在這附近就早已看習慣的制服，所以我對服裝本身沒有任何感想。

雖說如此，但因為她本人素質優秀，所以穿起來的確很可愛。

「妳是因為出席天數不夠，所以去學校補課了嗎？」

「才不是！」

妖精有如瘋狗般怒吼。

「本小姐平常不是都沒去學校嗎？所以能穿著制服在外頭閒晃的機會，就只剩下假日啦～如果平日穿著制服出門，遇到同學什麼的就麻煩了。而且早上還可能被抓去輔導——難得制服這麼可愛，不覺得很可惜嗎？」

「乖乖去上學啦。」

妖精完全不理會我的吐嘈。

「所以啦。就跑來讓你見識一下，本小姐穿上這身可愛制服後的姿態。」

「……妳就為了這樣，所以四處尋找人不知道在那裡的我？」

「怎麼可能嘛。一大早就不在家的話，感覺你就只會在這附近而已。還有啊！本小姐有很多事情要跟你說！」

妖精雙手交叉在胸前瞪著我。

「你啊，這幾天都斷絕本小姐的聯絡對吧？」

「咦？——啊！」

我從口袋裡拿出智慧手機——果然一直處於關機的狀態。

「真的耶。抱歉，因為我一直在編輯部裡頭閉關。就是那天啊——從結果發表那天開始。」

「從那天開始就一直在工作？真是……啊啊！難得本小姐要邀請你去煙火大會呢！本來還想讓你看看本小姐那惹人憐愛的浴衣裝扮！現在不管是荒川或是隅田川的煙火都已經結束了耶！」

「抱歉。我會想其他辦法補償妳的，原諒我吧。」

「咦？」

妖精瞪大了眼睛。

「你、你是怎麼了？這是不是你第一次對本小姐這麼坦率啊？開始進入嬌羞期了？還是喜歡上妖精老師了呢？」

「才沒喜歡上……也沒什麼特別的啦。只是覺得過意不去而已……」

「哼嗯～～感覺不是這麼一回事呢——」

妖精以似乎能看透一切的眼神，暫時注視著我。

「算了，也罷。關於這次的補償，最近再跟你討。有人託本小姐傳話給你。」

「傳話？誰啊？」

「獅童國光。在『輕小說天下第一武鬥會』輸給你的新人作家。」

我和妖精邊在河堤散步邊繼續聊這個話題。

「『輕小說天下第一武鬥會的慶祝會』是嗎……」

「邀請的ＤＭ（註：推特的私人信件）寄到本小姐的推特了喔。『妖精老師跟和泉老師似乎很要好，所以在此想麻煩妳傳話給他』——就是這樣。」

因為不管部落格還是推特或臉書我全都沒有使用，所以能得知和泉征宗聯絡電話的方式非常有限。

頂多就只能向編輯部詢問，或者是找認識我的人問而已吧。

……所以才總是只有那個編輯部會來找我談工作。

總而言之。獅童國光老師透過最近在推特上胡說八道些「跟和泉征宗去約會了」這種話的妖精，想要和我取得聯絡，似乎就是這麼一回事。

「都是同一家出版社的，只要向編輯部問我的聯絡方式就好啦。」

「因為是私人性質的事情，所以他似乎不太想透過編輯部來詢問。」

「原來如此。」

這種感覺我也不是不能理解。

「本小姐認為，一定是想邀請可愛的妖精老師來參加慶祝會，才是最大的主因吧。」

對啦對啦。

「目前計畫方向暫時是也邀請其他的大賽參賽者，再加上情色漫畫老師跟本小姐出席，然後預定要在你家舉辦，沒問題吧？」

「這樣啊。沒問題。」

不愧是吹噓自己有「神眼」什麼的，這傢伙還真是機靈。

明明最不會看氣氛了。

要讓無法走出房間的情色漫畫老師參加慶祝會（雖說也只能透過Skype）的話，會場就只能設在我家而已。在同一個場所，吃著相同的東西然後一起聊天——不這樣的話，就稱不上算是有參加慶祝會。

情色漫畫老師是我妹妹這件事，我想還是對獅童老師隱瞞比較好，這部分該怎麼處理得好好思考一下才行。

順帶一提，參加者有我、妖精、情色漫畫老師、獅童老師。

以及千壽村征學姊。

預定是以上五人參加，然後村征學姊似乎變成希望能由我來負責聯絡。

……為什麼獅童老師會覺得「我可以跟村征學姊取得聯絡」呢？

又或者該說——

「真的要由這些成員來舉辦慶祝會嗎？……嗯嗯……」

「怎麼？提不起勁嗎？」

「不是……因為這好像變成在慶祝我獲得優勝一樣，對獅童老師來說，這樣真的好嗎？」

「輕小說天下第一武鬥會」是只有優勝者所寫的小說才能出版的大賽。

某種層面上，我等於阻礙了獅童老師的夢想。

如果我是處於相反的立場，內心一定會感到不爽吧。

絕對沒有餘裕為了祝賀優勝者，企劃這種慶祝會。

獅童老師這部分抱著什麼樣的心情，還真令我擔心。

畢竟是個從來沒見過面的人。

「那個啊……」

妖精似乎是察覺到我的想法。

「結果那場大賽，好像把『到第三名為止這些票數都非常接近的作品』都決定文庫化了。」

「啥？」

等、等、等等……給我等一下。

說起來我之所以會參加「輕小說天下第一武鬥會」的原因——

——和泉老師的新作發售日是明年的五月！剛好就是一年後左右呢！

——因為其他的作家老師們也很努力啊，所以出版缺額就一路排到很久之後了喔。日程表滿到沒有空間可以出版和泉老師的書了。

…………太奇怪了。這種事怎能被允許。

不是沒有辦法增加出版缺額了？這樣不就是增加了嗎？

「『這可是經過我一番努力才增加的喔。雖然大賽的結果是如此，但是讓有趣的作品能夠出版，果然才是我的職責呢！』」

妖精用搞笑般的語氣說著。

「這是在模仿你的責任編輯。感覺她應該會這麼說沒錯吧？」

「真的會！她絕對會這麼說！」

哇啊，真難以釋懷！明明是沒有讓我有任何損失的發展，反而還讓大家這些超有趣的精心傑作都能夠文庫化，我應該要感到開心才是！但我還是非常難以釋懷！

會是因為獅童老師與村征學姊的作品看起來能賣得不錯……這種原因嗎？

而「和泉征宗的新作」發售日會那麼輕易地就延到一年後，前年我的新企畫會不斷地被否決……就代表對編輯部來說，我的作品並沒有優秀到要特別去增加出版缺額吧……這還真是讓人不甘心。

「咕唔唔唔唔…………」

「好啦好啦，再說啊，第二跟第三名的新作發售日似乎都在十二月之後……以結果來說，如果你還想繼續當作家的話，還是只有拿到優勝這條路。」

妖精像是要安撫我的不滿般說著。

我跟姑姑以「維持現在的生活」為條件——跟她約好「要以作家身分持續拿出成績來」。如果一整年都沒辦法出書的話，就無法繼續當一個作家——這麼一來也就無法和妹妹一起生活。

「是嗎……說得也對。不管怎麼說，我都只能獲得優勝才行…………如果是這樣的話，獅童老師應該也不會怨恨我……是吧。」

「能接受了嗎？那麼，問題都解決了呢。」

「不！還有！」

「啊啊？還有嗎？什麼問題啊？」

妖精用有點厭煩的眼神看我。

「那個……就是說……」

「……十、九、八、七……」

也許是忍受不了我這種不乾不脆的樣子，妖精斜眼看我並且開始倒數計時。

雖然接下來幾秒內，我還是吞吞吐吐地講不出話來，但終於還是把最在意的事說出口：

「……要跟村征學姊見面讓我很害羞啊！而且也很尷尬！」

…………

早晨的河堤一下子陷入沉默。

我真的不知道——面對一個喜歡我，還對我告白的人，要用什麼樣的表情跟她見面才好。

既羞恥，又會感到害羞，我實在沒有自信可以正常面對面。

而且我還拒絕了那個告白——這樣光是見面就很尷尬。

——以一百分為滿分，有趣到可以評為一百萬分。

村征學姊，現在對我是什麼樣的想法呢？

「嗯嗯……這麼說也對。」

妖精把手撐在下巴上，盯著我的眼睛看。

「喂、喂喂……別這樣盯著我看啦。」

感覺好像一切都會被看透，有點恐怖耶。

「不要。就讓本小姐仔細觀察吧——這種情況，對本小姐來說也不是事不關己呢——」

說著讓人聽不太懂的話，妖精把臉靠得更近。

給旁人看到的話，也許會產生些奇怪的誤解。

「有個很重要的問題，你對村征抱持著怎麼樣的想法——不，不對——你跟那傢伙之間想要成為什麼樣的關係？」

妖精原本說出跟紗霧一模一樣的問題，但也許是途中改變想法，問題的內容稍微有些變化。

我經過頗為漫長的思考後……

「……我想跟她變得更要好。也希望能跟她見面聊天、一起遊玩……但是……」

「那不跟她見個面可不行呢。」

妖精像是要打斷我的台詞般插話進來。

「村征也許會覺得很尷尬所以不想跟你碰面——反正你一定是這麼想吧？哈啊！只不過因為是『也許』就在煩惱，還真是蠢翻了！這種只要當面聊一下就能確定的事情，就直接了當地去做嘛！」

「……妳這種性格，還真是了不起呢。」

該說是很直率呢？還是說很合裡？又或者說只是很笨而已。

不過，的確如此。

「我就這麼試試。最近老是受到妳的照顧呢……我再重新跟妳說聲謝謝。」

「不用客氣……你今天真的很坦率呢……到底是怎麼了？」

是這樣嗎？我是覺得跟平常沒兩樣啊。

之後回頭想想，這時候的我跟平常果然不太一樣吧。

「跟妹妹兩個人生活，畢竟還是有很多事情很勉強……有個跟紗霧很要好的女性鄰居在，老實說真的幫了大忙，實在是很可靠呢。」

當我真心地向她道謝時，妖精紅著臉頰把臉轉過去。

「……什、什麼啦……幹嘛突然這樣……會讓本小姐害羞耶。難道說，你這是想對本小姐說些甜言蜜語……之類的嗎？」

「不是這樣啦，不過……」

「不過？……不、不然是怎樣？」

「只是覺得……如果妳是我的姊姊就好了。」

跟平常不太一樣的我，對著年紀比自己小的鄰居，講出不像是自己會說出的台詞。

結果妖精的表情突然變得非常冷淡。

「哼。本小姐才不要像你這樣的弟弟呢。」

妖精啪的彈了一下我的額頭。

「笨蛋。」

接著小聲地這麼說著。

當我回到家以後，立刻撥打責任編輯的手機。

因為還不到中午，神樂坂小姐也許還在睡覺。如果這樣的話只好晚點再打過去——本來是這麼想的，幸好對方馬上就接起電話。

稍微打個招呼後，我馬上切入主題。

「因為要舉辦『輕小說天下第一武鬥會』的慶祝會，所以請告訴我村征學姊的手機號碼或是電子信箱。」

結果神樂坂小姐這麼回答我：

『村征老師她沒有手機喔。而且也沒有電子信箱。』

「咦？」

那位學姊是什麼時代的人啊。

『還有我也不推薦打電話去她家裡。』

「千葉縣是因為太過鄉下，所以沒有辦法接電話線嗎？」

『千葉的居民會生氣的喔。單純只是就算打電話到家裡也幾乎沒人接而已……基本上，想要跟村征老師取得聯絡時，實在沒辦法依靠電話。』

「這樣，要怎麼取得聯絡……？」

『直接去家裡造訪是最快的。不然就是親筆寫信了。』

那位學姊到底是什麼時代的人啊！

「……那我就姑且先打通電話過去……不行的話我就直接去她家裡拜訪好了。」

『啊，不，沒那個必要喔。』

「咦？」

『我現在就拿給她聽。』

「咦？等、等等……」

她不等我回答就中斷了對話。

接著透過電話，似乎聽到某位女性的說話聲。

『……哇啊？騙人！怎、怎麼會……不、不不不、不行！……』

『所以說……這機會剛好啊……快啊！快接吧！』

那一頭的熱烈討論——經過一陣子後才停止，接著過了幾秒。

『…………換、換人接聽了！』

一個耳熟的聲音，從我的智慧手機傳出。

是個非常緊張的女孩子聲音。

我不禁嚥下口水。

「……村征學姊？」

『是、是的！您說得沒錯！』

「呃……為何要用敬語？」

『……因、因為……都是你，出其不意地打電話過來……』

嚇到她了嗎？

「我也是，沒想到學姊會跟神樂坂小姐在一起。妳們正在開會嗎？」

『咦？啊不是，與其說是開會討論——不、不過！是什麼都沒關係啦！』

看來她不太想說的樣子。這樣子也不好繼續追問下去。

「那個……學姊，其實——」真是的，事到如今有什麼好退縮的！「『輕小說天下第一武鬥會』的慶祝會將要要我家舉行。如果方便的話，可以請妳來參加嗎？」

『——————』

我似乎聽到吸氣的聲音，在這之後，村征學姊都沒有回答。

「……妳果然不願意來呢。畢竟才剛發生過那些事情——抱歉，我實在太沒神經……」

『我、我要去！』

話才講到一半，村征學姊就大聲地打斷我。

「哇啊！」

『怎麼可能不願意！難得你來邀請我了——就算賭上性命也要去！』

「不，請不要賭上性命……不過，真的可以嗎？就是，因為我……」

『蠢蛋……』

村征學姊用像是硬擠出顫抖的聲音……這麼說道：

『就算被甩了，喜歡你的心情，怎麼可能那麼輕易地改變。』

「——————」

接著幾秒的停頓。

學姊所說的話語，漸漸地滲透入我的內心。

『……你、你這個人還真是……明明都做了那麼長的自我介紹，但看來你卻還是完全不了解我。』

千壽村征。

本名不詳，拒絕露面的學生作家。

有兩次動畫化經驗，是個作品發行量超過一千四百萬本的超級暢銷作家。

對俗世完全沒有興趣。只為了閱讀自己所寫的小說而撰寫小說。

夢想是寫出「世界上最有趣的小說」。

但是，對於能讓她認真起來的事物，就會產生強烈的熱情與執著，因而盲目地橫衝直撞。

喜歡上我以及我的作品，年紀比我還小的前輩。

「當然還不了解啦。我們才只見過三次面而已。」

『這麼說來，好像真的是這樣。雖然總覺得已經認識很久了……不過的確如此呢。』

經過些許停頓。接著村征學姊清咳一聲。

『那麼，讓我重新打聲招呼——』

她以溫和的聲音說：

『今後還請多多指教，學弟。』

「我才是，請多指教——學姊。」

我不太清楚關於她的事情。

正因為如此，只要從現在開始理解就好了。

兩天後。「輕小說天下第一武鬥會」慶祝會當天。

我在自己家中的廚房，進行宴會的準備。

現在正好是集合時間的正中午。

也差不多該是成員開始聚集的時候。

關於這場慶祝會，當然是有獲得紗霧——也就是情色漫畫老師的許可。

「既然是這樣，那可得給和泉老師賣個面子才行。」

雖然她這麼說，但感覺還挺積極參與的。

也許大家會覺得很意外……但只要不是直接面對面，那個老毛病也不要發作的話——紗霧絕對不是個對他人沒有興趣的人。

正因為如此，她才會隱藏真實身分進行實況轉播的活動。

這次的慶祝會，不管是對紗霧，或是對情色漫畫老師而言，如果能成為一場愉快的活動就好了。

「大致上準備ＯＫ……該說不愧是老媽嗎？這間廚房還真是應有盡有。」

因此……我稍微精心構思了點驚喜。

不過現在還得保密。

「今天的成員是……我、紗霧、妖精……村征學姊還有獅童老師……嗎……」

在客廳進行宴會準備的同時，我扳起指頭數著。

住在隔壁的妖精，本來覺得她應該會最先過來，但是到現在都還沒來的話，遲到的可能性就非常大。要問為什麼的話，因為只要跟人約好碰面，她要不是太早到，不然就是絕對會遲到。

實在是個沒有時間觀念的傢伙。明明是個作家。

「村征學姊家裡似乎住得很遠……大概還不會那麼早到。」

聽妖精說，村征學姊好像是住在千葉。

順帶一提，至於妖精為什麼會知道村征學姊的居住地，她說「看制服就知道了」。全國各地的可愛制服，她似乎都當成資料記在腦海裡。

真是超強的。該說不愧是戀愛喜劇作家嗎？這位公主大人真是經常讓我大吃一驚。

「情色漫畫老師，就在樓上……剩下就是獅童老師了。」

會是什麼樣的人呢？從特地邀請大家說「來舉辦慶祝會吧」這點看來，就能想像出他應該是個積極的總幹事型人物。

正當我這麼想像時——

叮咚。

好像馬上就有人到了。

「來了來～～了♪」

我親切和藹地講著不會有人聽到的回答，同時往玄關走去。

打開玄關的門，站在那裡的是……

「你好。」

是個不認識，帶著輕柔微笑的青年。

年齡應該比我大一些……看來應該是大學生吧。

略長但看起來很清爽的褐髮。不過要說的話，是給人一股很認真的印象。針織上衣上套著淡色的開襟羊毛衫外套。

「那個……請問你是……」

「我叫獅童國光。請問這裡是和泉征宗老師府上嗎？」

「啊，是的，就是我。我就是和泉征宗——」

「啊啊，果然！初次見面你好，和泉老師。」

「不不，我才是——」

哇啊！來了個看起來很正常的人耶！

雖然很失禮，但我對他的第一印象就是這樣。因為啊，最近遇到的同行不管哪個都是充滿衝擊性的傢伙嘛，害我想說會不會這次也……還緊張起來了。

「請多多指教，獅童老師。」

「……哈哈，『老師』這稱呼，還真是有點不敢承當呢。」

他苦笑著把希望改變稱呼的期望傳達給我。

「……說得也是呢。」

……我能理解這種心情。我也是在被稱呼為「和泉老師」時會覺得很不對勁。

雖然也有些例外，但對同行或是工作對象，普通都是以「先生或小姐」來稱呼。

「我們還是不要用『老師』來互相稱呼吧。」

「的確。」

「總之——請先進來。雖然其他人都還沒來。」

「好的，打擾了。」

在我的催促下，他把鞋子整齊地擺在玄關後進入屋內。

看來他跟妖精相同，是個教養很好的人。

我帶領他前往客廳的途中，也繼續跟他談話。

「關於稱呼方式，就叫『和泉學長』，你覺得如何呢？」

「不，被看起來就比較年長的人稱為『學長』總覺得很怪。」

雖然我也稱呼村征學姊為「學姊」，但那個人就是給人一種「姊姊」的印象。所以其實沒有什麼奇怪的感覺。

「那就普通地叫和泉先生？」

「直接叫名字也可以喔。說話方式也可以再普通點，不用那麼客氣沒關係。」

「直呼名字好像有點……啊，我平常就是這種說話方式。」

當我們這麼交談時正好到達客廳。

「請隨便找個位子坐下吧。」

「好的，和泉。」

結果稱呼似乎這麼就定案了。他在沙發上坐下後，稍微有點害羞地輕咳一聲。

「跟我比較要好的朋友們，都叫我席德。如果你也能用普通的方式跟我說話，我會很高興。」

我驚訝地眨眨眼睛後，以笑容回答他。

「我明白了。那麼席德，再重來一次，請多指教嘍。」

就是這個啦。這才叫作健全的初次見面吧。

像是名字是村開頭的人，或者是某個妖開頭的白痴……那些初次見面就找人吵架的同行們，真的該差不多一點。

不論妖精或是村征學姊，實在不像是快要抵達的樣子，就連情色漫畫老師也一樣，說「等慶祝會開始了再叫她」，真是沒半點協調性。

不過也沒辦法，於是我泡好茶，開始與席德一對一談話。

「席德你為什麼會想舉辦這場慶祝會呢？」

「單純只是因為我才剛出道，認識的同行還很少，所以才想舉辦喔。」

投稿作品到新人獎，在最終選拔時落選。安排給編輯後出道。之後就一邊上大學，一邊持續撰寫著出道系列作品，最後在第三集時腰斬。接著重新振作，開始努力撰寫新作——以上似乎就是席德的經歷。

至於我——和泉征宗的情況是，在新人獎獲得「評審委員鼓勵獎」後，就立刻以同一篇作品出道，因為這種經歷所以不管好壞方面，都馬上認識了不少同行。

像是頒獎給我的前輩，或是同期的得獎者們，都有不少跟他們見面的機會。

只不過，大家年紀都比我大很多，而我的個性又不是很積極，所以並沒有發展到會在私下見面的關係。

另一方面，像席德這樣的「非得獎組」，就沒有所謂的同期得獎者存在。

所以能夠認識同行的機會，也非常稀少吧。

「所以我覺得這是個好機會。因為我們所參加的『輕小說天下第一武鬥會』是個幾乎都是新人的競賽，我認為應該能夠認識到年紀相近的同行們。所以，今後我也希望能跟和泉你變得更加要好。」

「哪裡，我才是呢，能夠跟正常的同行認識讓我很開心。話說回來，這次慶祝會的參加者就是我、席德、妖精、村征學姊還有情色漫畫老師——這樣嗎？」

「是的。」

「『輕小說天下第一武鬥會』的參賽者，應該還有兩位對吧？」

沒有邀請他們嗎？當我這麼詢問時，席德露出哀傷的眼神低下頭。

「我有邀請——但被他們拒絕了。他們兩位都已經放棄成為作家，回鄉下老家去了……就是……這樣子……」

「啊……」

這是很常有的事情。或者說，我也差點就要放棄當作家了。

將「輕小說天下第一武鬥會」當成最後一次機會的作家，並不是只有我……就只是如此而已。某種意義上，也許就等於是我把他們的作家生命斷絕。

不過——

「是嗎！那麼，這也沒辦法呢！」

我努力露出開朗的笑容。就算在此時消沉，也完全無濟於事——更何況如果對全力競爭後的結果那麼不乾不脆，我想對於敗北的他們才是失禮的行為。

「是的，這也沒有辦法呢。」

似乎是察覺到我的意圖，他立刻轉換話題。

「我希望能夠照這樣子多認識年紀相近的朋友。和泉你除了今天的參加者以外，有沒有其他認識的人呢？大約十幾歲或是二十歲出頭，能夠跟我們聊得來的作家。」

「……有是有……不過要說我實在有點不推薦嗎……」

該說因為都是群垃圾嗎？

是否該讓才剛出道沒多久的新人跟他們見面，實在讓我難以判斷。

「那麼，我結交到新的作家朋友時，也介紹給和泉認識吧。」

……我似乎可以託這個人的福，認識到新的同行朋友。這麼一來除了智惠以外，也許就可以增加其他人來一起討論喜歡的輕小說。這種想像真是令我非常開心。

因為害怕身分曝光，所以在學校都不太能討論這種話題。

——正當我們聊著這些話題時。

叮咚，電鈴響起。

「喔，看來有人到了。」

我站起身來，往玄關走去。在我走出客廳前，看了看掛在牆上的時鐘確認後……距離集合時間已經過了許久。看來我們真的聊了好一陣子。

這麼說來，現在才來的傢伙，還真是遲到的太誇張了。

「所謂的暢銷作家，怎麼都這麼沒守時觀念啊……」

真該叫她們多跟席德好好學習。

我在碎碎唸的同時，打開了玄關大門。

結果——

兩名充滿對照性的美少女，出現在那邊。

「征宗學弟，抱歉遲到了。」

「全部都是這傢伙的錯！跟本小姐一點關係都沒有喔！」

穿著和服的少女是千壽村征學姊。

在她身旁吵吵鬧鬧的笨蛋——山田妖精也穿著裝飾華麗的浴衣。這麼說來我也有把「我的企圖」告訴過妖精呢。

本來覺得金髮跟浴衣應該完全不搭……不過這還真是不錯……

本來就很可愛的傢伙真是太詐了。

雖然是個會讓人臉部放鬆的景象，但我還是奮力保持表情不變地說：

「咦？妳們是一起過來的嗎？」

「是啊！本小姐還特地跑到車站去接她喔！因為有很多話想要兩個人獨處時談一談，順便一起挑選慶祝會的禮物——原本是這麼約好的！」

這兩個傢伙，不知不覺間關係就好到可以像這樣相約出門啦。

「結果這傢伙，身上竟然只帶著搭電車的錢！所以只好帶她去銀行領錢，真是超會給人添麻煩！」

「這也沒辦法嘛。為了預防萬一才放進錢包裡……這提款卡什麼的，我從出生到現在從來沒有用過。」

村征學姊一臉平靜地找藉口。

這個人只要沒有認真起來，就跟初次見面時一樣好像哪裡少了根筋。

明明變成敵人的時候，就會給人一股有如魔王般的恐懼感。

這彷彿像是超級機器人大戰的敵方角色，只要加入我方就會大幅弱化的情況。

我帶著兩人前往客廳，同時吐嘈著：

「不過啊，村征學姊在小說的設定裡頭，明明就創作過超級詳細的獨創經濟流通系統，為什麼會不知道領錢的方法呢？」

結果村征學姊很害羞地說：

「……小說上所寫的知識跟自己實際操作完全不同喔。我實在非常不擅長用那個叫做觸碰螢幕的東西。」

沒救了，這個人已經被文明社會拋棄了……

妖精也很嚴苛地吐嘈：

「妳這原始人，快滾回大正時代啦。」

「我、我會用電腦喔……稍微會一點點……」

也是啦，畢竟她會去看網路小說嘛。應該多少會使用吧。

「對啦對啦，好棒好厲害。真是，銀行裡人都那麼多了，結果因為妳在排隊途中開始寫起小說，所以只得重排好幾次隊伍……本小姐絕對再也不跟妳一起去排隊了！」

帶著不停爭論的兩人，我們終於到達客廳。

起身站著等待的席德，對著年紀超小的兩人鞠躬。

「妳好，辛苦了。」

「呵，你等很久了喔。」

妖精擺出一副很跩的老大模樣。另一邊的村征學姊則是先看看他，然後再看看我說：

「他是誰？」

「是在『輕小說天下第一武鬥會』競爭過的獅童國光老師喔。」

我回答她的疑問。

「有這個人嗎？」

「妳想一下，不是有嗎？就是那個以蛋糕店為舞台的治癒系小說……」

「我沒看。」

……就是這種狀況啦。這個人真的是只要遇到沒興趣的話題，就會變得跟痴呆老人沒兩樣。

「那麼，這樣子除了情色漫畫老師以外都到齊了呢。既然全員到齊，就重新自我介紹——」

「在那之前先決定座位吧！」

妖精打斷我後插話進來。還硬是抱住我的手臂說：

「本小姐要坐在征宗旁邊♪」

此時村征學姊的眉頭微微地抽動。

「喂，那個……山什麼老師。妳臉皮也太厚了喔。」

「妳、妳這傢伙！為什麼到現在都還記不清楚本小姐的名字啊！難道妳忘了本小姐教妳使用ＡＴＭ的恩情了嗎！」

「ＡＴＭ是什麼？」

「就是在銀行用來領錢的機器啊啊啊啊！這傢伙！真的有夠麻煩！」

她不是在找人麻煩，而是真的很自然地說出這些話。

「總之！這個座位本小姐絕對不會讓出來！」

「那這樣我就坐另一邊的隔壁。征宗學弟，可、可以吧？」

「請、請不要貼得這麼緊。這樣會讓人很不好意思。」

「等等！為什麼只有對村征才那麼害羞啊！應該是本小姐比較可愛吧！」

兩名美少女把我夾在中間爭吵——

……糟糕，我開始感到暈眩了。

我完全搞不懂她們兩人的意圖而感到困惑。再加上，面對才剛被她告白的村征學姊，只讓我不斷地感到臉紅心跳，實在沒有辦法正常思考。

接著——

咚咚咚咚咚！

表示「你們給我差不多一點——！」的踩地板聲，響徹在客廳之中。

幾分鐘後——

我抱著顯示出情色漫畫老師的平板電腦，坐在我家客廳的沙發上。隔壁則是感覺非常坐立難安的席德，妖精與村征學姊則配置在跟我不同的沙發上坐著。

「這樣就沒問題了。」

分配好位置的情色漫畫老師，很滿足似地（在畫面中）點頭。

要說明一下的話，就是憤怒的踩地板響起後，我就先走上二樓。

接著被情色漫畫老師狠狠地斥責一頓後，接下「馬上給我換座位」的命令，然後就帶著連結

Skype的筆電回到客廳——大概就是這樣的發展。

「啊，哈哈……請問……」

在我身邊看著整段事情發展的席德，戰戰兢兢地問我說：

「剛才……從樓上傳來的咚咚咚聲響是……？跟情色漫畫老師……有什麼關係嗎？」

「那是騷靈現象。」

情色漫畫老師用透過變聲器的聲音說著。

「咦……但是……」

「因為就是騷靈現象。」

「……是。」

她以強硬的方式讓他接受了。不過，情色漫畫老師的真正身分就是我的妹妹——這種事可沒辦法告訴他。知道這件事的，在這現場除了紗霧本人以外，就只有我跟妖精而已。

——才不給妳！

對村征學姊來說，這幾乎等於是已經公開的事情了，本來想說就算暴露了也沒辦法，但之後卻沒有被她追問。

以學姊的個性來說，應該不用特地請她保密吧……但我想還是好好跟她談過一次會比較好。

「話說回來，和泉……你還真是受歡迎呢。」

席德以和藹的眼神對我說著。

唔，真的拜託你不要這樣！

現在……根本不是能回答說「真的是這樣呢」的狀況啊。

咚咚咚，天花板又搖晃起來。

「啊？你在講什麼鬼話？完全不一樣好嗎？所謂的受歡迎才不是這樣子咧。」

超級不爽的機械式聲音，從我胸口——的平板電腦傳出來。

「因為和泉老師已經有喜歡的人了，對吧？」

「嗯、嗯嗯……」

「啊啊？為啥你回答得那麼沒有自信？你是看不起人嗎？」

……情色漫畫老師好恐怖……

「除了對喜歡的人以外，是不會感到害羞的對吧？沒錯吧？」

「是……」

咚！

「太小聲了！」

「是的！絕對不會害羞！」

好恐怖喔！

席德與妖精看著我們的交談。

「他們兩人，到底是什麼樣的關係？他們……都是男性沒錯吧？」

「這很複雜啦。」

聽完後他們做出這樣的對話。糟了……總覺得席德好像把我當成同性戀。

至於村征學姊的話，她一個人露出事不關己的樣子，開始動手寫起小說來。還是老樣子，真是位超級我行我素的大小姐。

我無法承受情色漫畫老師釋放出來的壓力，於是猛然起身，把筆電擺在矮桌上。

「我去準備一下餐點！然後等等就進入自我介紹的時間吧！」

無視「喂！別想逃跑！」的機械式聲音，我躲進廚房裡頭。

接著，妖精就從後頭追了上來。

「本小姐來幫你忙。」

「……妳、妳跟過來的話，情色漫畫老師又會生氣了吧？」

「安啦安啦。」

妖精輕輕地揮揮手，接著把嘴唇湊到我的耳朵旁邊說：

「比起這個……本小姐跟其他男生說話，讓你感到嫉妒了吧。別擔心♪只不過是在推特上稍微說過幾句話，不會對他有什麼想法的，所以你不用那麼擔心喔。」

「什麼？」

這傢伙在說什麼啊？

妖精把嘴唇從我耳邊移開，接著環視廚房。

「所以呢？餐點準備得怎麼樣了？嘿～～很符合標準原則嘛。」

「接下來只要燒烤好就完成了。我一個人弄就好，妳先回客廳等吧。」

我迅速地圍上圍裙，並戴上頭巾。

妖精稍微思索一下後。

「嗯，也好，那就這樣吧……話說回來，這廚房還真厲害。設備比本小姐家的還要齊全耶。下次也讓本小姐用用看嘛。」

「好啊。如果妳肯連紗霧的分也一起做的話。」

別看妖精這樣，她可是超會作菜的。

「就知道你會這麼說。啊，對了，這個是本小姐跟村征送你的禮物。」

「喔，這個是……！」

「應該會需要吧？現在先不要用……之後再給你妹妹一個驚喜如何？」

「謝啦，妖精！就是這個！我就是想要這種東西！」

「好啦好啦，不客氣啦。真是——想要討你歡心還真是簡單。」

妖精露出略帶寂寞的苦笑後，走出了廚房。

至於如果想問妖精的禮物是什麼？這請大家敬請期待。

也差不多該公開我的「企圖」了。

這是從妖精那裡聽到關於「輕小說天下第一武鬥會慶祝派對」時所想到的點子，簡單說就是「舉辦個有夏日祭典風格的派對」這種內容。

——那些攤販倒是稍微有點羨慕就是了。

也就是說，準備祭典上攤販所販賣的食物，穿著祭典風格的裝扮——雖然煙火大會已經結束，但只要大家一起熱鬧慶祝——我想至少能夠享受到類似的氣氛。就算紗霧待在房間裡頭，也應該能創造夏天的回憶才對。

我是這麼想的。

把平常使用的矮桌跟折疊式的桌子併起來，在上頭擺滿「日本祭典上的料理」。炒麵、烤花枝、章魚燒、烤玉米、蘋果糖跟巧克力香蕉——相同的東西（油量鹽分大幅降低）也已經送到「不敞開的房間」裡頭。

「喔喔！真是厲害！好像真的祭典一樣。」

「真是壯觀。這真的……都是征宗學弟做的嗎？」

「雖然都是些低賤的食物，不過，勉強算是及格啦。」

「…………………真是……竟然弄得這麼費心……」

每個人都各自發表評語。

情色漫畫老師有點變回原本說話方式。

不管怎麼說，大家能開心就好。

「征宗！你是優勝者所以就由你來主持吧！」

因為妖精都這麼說了，雖然我實在很不擅長，但還是對大家致詞。

「這個……這次真的非常感謝大家能抽空前來參加『輕小說天下第一武鬥會』的慶祝會。」

啪啪啪啪，大家都拍手鼓掌。

「雖然我們在大賽上是競爭的關係，但希望今後我們能夠成為關係良好的戰友，並且互相支持。雖說只是簡單的致詞，但餐點也快涼了，所以致詞就到此為止——乾杯！」

「「乾杯！」」

匡啷，我們互相舉杯輕碰。

「託大家的福，我的作品也能夠順利出版。雖然在大賽上敗北了，但我會把它修改成更加有趣的作品。發售之後，還請大家務必閱讀看看。」

「征宗學弟，再次恭喜你獲得優勝。我好想早點看到長篇版喔。」

「是靠本小姐幫你進行修練，才能獲得優勝的喔！要好好感謝本小姐！」

「各位，今天沒辦法去到現場很抱歉。剛才和泉老師送了跟大家一樣的餐點過來，所以我就透過Skype來參加慶祝會。」

不過，也就只是在樓上而已。

雖然聚集了充滿個性的成員，不過現在大家都氣氛和諧地享受餐點。讓我真的希望能夠跟大家變得更要好。

也許每個人都有不同的想法，但我認為「同行並不是敵人」。

而是在相同業界裡一起努力的戰友。

可能偶爾會因為利害關係而對立，但這情況也很稀有。

不過，與妖精的一決勝負，還有與村征學姊的廝殺——那些都是例外。

各個作家們越是努力，「喜歡輕小說」的人就會持續增加。

會閱讀我的書籍，進而喜歡上的人，也會因此增加。

本來就沒有必要去嫉妒暢銷作家，「怎麼可能跟敵人稱兄道弟」——這種想法我覺得只會讓自己損失更多。

大家一起努力吧，我是真心這麼想的。

不過，也對啦，有時候就是會嫉妒，也會去敵視對方。這我也了解。

我直到前一陣子為止，也還有過「取些筆名會跟我混淆的傢伙快消失啦」或是「村征必須死」這些想法。

「差不多該進入自我介紹的時間了。」

當我提案後，席德舉起手來。

「那就從我開始，其他各位似乎都互相認識了。」

大家都沒有異議。

席德輕咳一聲後，以嘹亮的聲音說：

「我叫獅童國光，出道第二年的新人作家。在上大學的同時，主要是以點心當成主題來撰寫小說。」

「你的出道作品是跟最喜歡便利商店甜點的少女之間的戀愛喜劇，在『輕小說天下第一武鬥會』裡，記得是以蛋糕店為舞台的短篇故事——這其中有什麼你個人的堅持嗎？」

我這麼詢問著。因為對方的語氣非常客氣，所以雖然獲得許可，但我還是無法馬上以普通的說話方式跟他講話。如果之後能夠自然地跟他交談就好了。

「因為我從小就很喜歡各種點心喔。尤其對甜的東西完全沒有抵抗力，每次走進便利商店時，購買點心就是最大的樂趣……像是『Pocky』或是『KitKat』還有『巧克力派』這些招牌商品——也就是能讓小朋友們一直都很喜歡吃的東西，我一直夢想著總有一天也要製作出這樣的點心，成為一生的驕傲。」

有多少人就會有多少種的夢想。但是能以「原本的形式」直接實現的例子就極為稀少——大多數情況下，都是配合自己的能力並看清現實狀況，來修正自己的夢想。

以漫畫家為目標的人，最後成為輕小說作家。

以職棒選手為目標的人，最後到相關用品公司就職。

以作家為目標的人，最後成為編輯。

其中也有人因此事業有成。

「哈哈，當我持續鍛鍊製作點心的技術，並且為了更加接近夢想而持續活動時，不知不覺就成為輕小說作家，還寫著以點心為主題的小說。」

所以這也一定是很常有的事情。

「有朝一日我希望能跟食品公司進行合作企劃，讓我所想出來的角色或點心被擺在便利商店裡頭，這就是我現在的夢想。」

真是了不起的夢想。但如果想要實現這個夢想，果然還是得要有能夠動畫化的人氣才行。雖然夢想不同，但我們跟他是走在同一條道路上。

「如果發售了我絕對會買來吃！」

「謝謝。」

席德露出有點害羞，但卻很自豪的笑容，接著他把小小的紙袋遞給我。

「來，這是我的禮物。」

「難道說……這是你親手製作的？」

「是的。雖然跟祭典料理可能不太搭，但如果不嫌棄的話還請吃看看。」

「哇啊，真的很謝謝你！」

妖精之前主張的「戀愛喜劇作家們的女子力全都很高」，也許是真的。

我也開始寫戀愛喜劇了，是不是也該學會親手烤餅乾之類的比較好呢……我開始這麼思索。

要不要下次來練習看看呢。

「接下來輪到本小姐了！」

一直在旁邊蠢蠢欲動似乎很想發言的妖精，大聲高喊著。

她猛烈地起身，擺出裝模作樣的姿勢。

「本小姐名為山田妖精！是作品即將要動畫化的超人氣美少女作家！」

「村征學姊的人氣比較高啊。」

「那邊的！給本小姐閉嘴！」

唰！妖精用力地指著我，並且奮力挺起胸膛。

「本小姐偉大的夢想就是——寫出『究極的輕小說』，藉以征服世界！」

她講出有如兒童向漫畫的那些最終頭目，想要用玩具來征服世界般的大話。

「…………山田妖精老師不管是網路上或是現實中，真的都是相同個性耶。」

「就是這樣。很厲害吧。」

面對一臉茫然的席德，我在一旁附和。

另外村征學姊她正一邊吃著章魚燒一邊寫小說。完全沒在聽。

「實際來說，想用輕小說征服世界，真的有可能嗎？」

明明不要理她就好了，情色漫畫老師卻這麼問著。

「只要本小姐的書在世界各地大賣特賣，就超級有可能！只要讓全世界都讚頌本小姐的名字，那就跟征服世界沒兩樣了！」

「我記得《X●警》的發行數量差不多有五億本左右，但也沒有征服世界喔。」

「唔……」

那可是世界各地都有著狂熱粉絲的超級大作，即使如此也很難稱得上「已經征服世界」了。

「而且啊，真的想靠書籍征服世界的話，至少就得把現在世界上最強、最古老的『那部』輕小說打倒才行喔。」

「『那部』是什麼啊？是連明年此時戰鬥力就預定要突破六億的本小姐，都會陷入苦戰的對手嗎？」

「用小妖精的比喻法來形容，那戰鬥力就有三千八百八十億（推定）左右吧。」

「三圈三百八俗億！」

「不是萬嗎！」妖精大喊著，還嚇到連台詞都吃螺絲。

「我想情色漫畫老師所說的世界最強輕小說，就是雖然不能講出名字，但在金氏世界紀錄上也有記載，如果開它玩笑就會有生命危險的『那部』對吧？」

「沒錯沒錯。」

隨便把它說成是輕小說搞不好會被殺掉，但它的確是符合最強名號的書籍沒錯。

「『那部』的話，嗯，的確可以稱得上是已經『征服世界』了呢。」

就連這種妄想的話題也肯陪我們聊，席德他人真的很好。

「……唔，唔……嗯唔……」

妖精雖然被「世界最強輕小說」的戰鬥力嚇到，但她立刻振作起來，再度放話：

「既然如此！在踏進全世界前，首先以日本第一的輕小說為目標！」

喔喔，目標一口氣就變得很實際了。

「首要目標，就是把輕小說作家『八雷神』打倒。」

「那是什麼好像會統領電擊文庫的稱號啊。」

當我這麼吐嘈，妖精就望著遠方說：

「那是存在於日本的八柱雷神轉生體，也就是發售本數超過一千萬的『偉大小說家』們。」

又創作出這種隨口胡謅的設定。

我們講著這些超低能對話時，村征學姊在不知不覺間停止撰寫小說，興致勃勃地看著我們。

「那群八什麼的怪名字集團，能寫出那麼有趣的小說嗎？」

她似乎很想看。畢竟她是個渴求「符合自己興趣的小說」的人。

「妳說什麼啊？妳也是『八雷神』的成員啊。」

「咦？」

妖精很自豪地對臉色發青的村征學姊這麼說：

「今後妳就以八雷神之一柱『狂咲之黑雷村征』來自報名號吧。」

「…………………」

村征學姊以茫然的眼神注視妖精。

「喂，妖精，學姊生氣了啦。不要隨便幫人取些奇怪的稱號啦。」

「你說是『奇怪的稱號』……？受不了你，還真沒品味呢，這明明超帥氣的好嗎？」

「帥氣……是嗎？」

但我覺得這可不是能在現實世界報出來的稱號。

當我正感到納悶時，妖精對村征學姊這麼說：

「好啦，接下來輪到妳啦。」

「？」

「本小姐是說輪到妳自我介紹啦！」

在妖精催促下，村征學姊終於理解現場狀況，她緩緩地站起來，接著以有如舞蹈般的動作報上名號。

「八雷神之一柱『狂咲之黑雷村征』在此！」

「妳喜歡這個稱號喔！」

當我嚇到忍不住吐嘈時，學姊則是一臉凜然地認真回答我：

「嗯，雖然有一瞬間覺得『這什麼鬼』，但是仔細想想，拿這個稱號來自報名號還挺有派頭的呢。」

「的確，如果是像學姊剛才那樣正大光明地喊出來，也許會很帥氣沒錯啦！」

要成為像妖精或村征學姊這樣的暢銷作家，是不是得需要些這種中二感性呢？……總覺得這對我來說很困難。

「可以普通點地自我介紹嗎？就是，妳看也有初次見面的人在嘛，用『狂咲之黑雷村征』來自我介紹不太好吧？對不對？」

「？不好嗎？」

「嗯。」

雖然某種意義上，我覺得不會有比這更適合她的自我介紹了。

「那麼……」

學姊輕咳一聲，重新自我介紹。

「千壽村征。是征宗學弟的朋友。」

她完全不以作家或小說家自稱。

那些頭銜對她來說，都是無關緊要的事物吧。

唯一拿來自稱的頭銜，實在太難為情了。

我笑著詢問她：

「學姊的夢想是？」

「寫出許多『世界最有趣的小說』。然後給自己閱讀。」

學姊看著我的眼睛說。

…………稍微經過一陣停頓後。

咚咚咚！天花板開始震動。

「哇啊！」

紗霧那傢伙，為什麼突然發起脾氣來了。

妖精對著我胸口的平板電腦說：

「情色漫畫老師，請放心吧。妳不用那麼警戒那個女人也沒關係喔。」

「……小妖精，這話怎麼說？」

「喂，妖精，不要教情色漫畫老師奇怪的事情喔。」

「別那麼說，你也聽聽吧。聽好嘍，本小姐這個超級暢銷作家，將在此傳授一個戀愛喜劇的奧義給你們。」

「妳好像突然想改變話題？」

村征學姊斜眼看著妖精。

因為是跟自己有關的話題，嗯，會在意也很正常。她小說的執筆似乎也已經告一段落。

妖精講著「好啦好啦聽本小姐說」，無視學姊的發言，接著豎起一根手指。

「鏘鏘！」

她喊出有如猜謎節目般的效果音。

「在戀愛喜劇的女主角中，有種超越『妹妹』的最強萌屬性存在——請問那是什麼呢？來，征宗同學！請回答！」

「那種東西根本不存在！」

「噗——！」

妖精用「去死啦死妹控」的表情瞪著我。

「提示。這個最強的萌屬性，是現在的村征所具備的。但是呢，對本小姐山田妖精來說，是一輩子無緣的東西。好啦，答案是什麼呢？」

「胸部吧？」

「才不是！」

她猛烈地對我怒吼。

另一邊，村征學姊則是用手藏住胸口，然後滿臉通紅地瞪我。

「……你果然是個不知羞恥的人。」

自己講完也開始害羞，所以我也把頭轉向另一邊。

接著妖精就重新開始繼續說道：

「提示。這個屬性，有可能使女主角的魅力大幅度提昇。」

「提示。這個屬性，在大多數情況下，不等到系列作品接近最後一集是無法獲得的。」

「提示。這個屬性，在大多數情況下，一旦獲得就會使登場機會大幅減少。」

「提示。這個屬性，因為上述的理由，所以非常難以有效活用——」

「——大概就是這樣。不過，應該不需要繼續講下去了吧？對於喜歡偏袒同情悲劇角色的日本人來說也許充滿魅力，但畢竟只是個超可愛的小兵而已。對於像本小姐這樣的第一女主角來說，只不過是襯托強度的角色而已。」

妖精似乎意有所指地看著筆電畫面。

「……………」

情色漫畫老師沒有發言。而我則是完全搞不懂妖精想表達什麼。

村征學姊則是呵呵笑著，然後低聲說：

「還真敢說。把現實跟幻想混在一起可不太好喔。而且，妳的提示有一部分似乎有錯。」

「怎麼可能，才沒有呢。」

完全聽不懂女性成員們的對話。我跟席德只能靜靜地無法插話。

「哼嗯，所以呢？山田妖精，妳只是想說大話而已嗎？」

村征學姊第一次說出妖精的名字。

「的確，該怎麼辦才好呢？乖乖地在一旁靜觀不符合本小姐的風格，還真是讓人困擾。因為這傢伙——比起戀人，似乎有更想要的東西。」

「……像妳這樣故意說出來告訴別人的作法，還真是狡猾。」

「也許是很狡猾。但是實在太讓人不耐煩了，讓本小姐不說不快啊。」

妖精與村征學姊之間，以似乎會碰撞出火花的視線對峙，氣氛一觸即發。

「那個！下一位！接下來輪到我了！」

此時，我鼓起勇氣插嘴。

看來似乎很順利，大家的視線集中到我身上，剛才那股緊張感也立刻消失。

真是……為什麼女性都會因為意義不明的理由馬上開始對立呢。

「我是和泉征宗，在上高中的同時兼任輕小說作家。代表作是《轉生銀狼》，現在新作《世界上最可愛的妹妹》正在執筆中。」

嘶～呼，我調整一下呼吸，接著看著情色漫畫老師。

「這部新作，一定要讓它成為暢銷作品，並且動畫化，然後和妹妹一起在這裡觀賞——這就是『我們的夢想』！」

現場回歸寂靜——

村征學姊開始拍手。接著大家也開始鼓掌。

每個人在自我介紹時，輪流訴說「自己的夢想」。

這樣的流程已經建立起來了。

「最後輪到情色漫畫老師了。」

「……咦？」

我把平板電腦舉到大家面前，使她受到注目。

「來，情色漫畫老師。」我這麼說。

這麼一來大家也都注視著情色漫畫老師，並對她打招呼。

「麻煩你了。情色漫畫老師。」

「……情色漫畫老師嗎……我也對你很有興趣。」

「情色漫畫老師——你就狠狠地來一發吧！」

情色漫畫老師！情色漫畫老師！情色漫畫老師——

至於筆名被連續呼喊的情色漫畫老師……

「我、我我我、我不認識叫那種名字的人！」

大喊著跟往常一樣的台詞。

「…………………嗚嗚……」

然後即使戴著面具，卻還是快要被打回原形。

「你們幾個，聽好了！不要一直把情色漫畫老師稱呼為情色漫畫老師！情色漫畫老師他啊，可是罹患只要被叫情色漫畫老師就會害羞的病啊！對吧，情色漫畫老師？」

「哥、哥……和泉老師你是喊最多次的……！」

啊！

「總、總而言之……我不認識叫那種名字的人。」

紗霧不厭其煩地重複說著。

「還有……我的夢想……因為已經被和泉老師講完了……所以……」

她吞吞吐吐又忸忸怩怩地。不擅長說話的紗霧講到這邊，就陷入沉默。

「那個……就是……」

不過，沒有任何人抱怨。因為紗霧一定還有話想說。

接著，又經過一段時間後……

妖精開口發問：

「……情色漫畫老師的夢想是什麼？應該還有一個沒錯吧？」

畫面上的情色漫畫老師突然顫抖一下，接著就停止不動。

隔著面具，妹妹現在露出什麼樣的表情——我完全無從得知。

妹妹慢慢地說出夢想：

「…………我想要，成為喜歡的人的新娘。」

這一定是比在場任何人，都更加遠大的夢想。

慶祝會結束，等大家回家後，天色也晚了。

我現在正坐在「不敞開的房間」中，跟妹妹面對面。

穿著浴衣的妹妹，靜靜地坐在我面前。

「慶祝會……還開心嗎？」

「……普通。」

紗霧避開我的視線，小聲地說著。

「是嗎……我很開心喔。在這個家裡，大家聚在一起……一同吃著相同的餐點……聊著各種話題……真的好開心。既愉快又熱鬧……但也因為這樣……當大家回去以後……家裡就變好安靜呢。」

「…………………………」

紗霧緊盯著我。讓我變得有點害躁。

「對、對了——妳看這個。」

於是我趕快切入主題。

「……這是，什麼？」

我拿出來的是……

「這是棉花糖機。是妖精與村征學姊帶過來的喔。有這個才算夏日祭典——有那種感覺對吧？」

「棉花糖……嘿耶…………」

紗霧把身體伸過來觀看。

喔，看來她很有興趣呢。

「為什麼剛才不拿出來？」

「因為想給妳一個驚喜啊。嘿嘿……看樣子，我的企圖似乎是達成了呢。」

「……才、才沒有……那麼一回事。」

紗霧嘟起小嘴，把頭轉到另一邊。

我苦笑著說「是嗎？」，接著為了吸引妹妹注意，開始說明同時動手製作。

「這個甜點啊～要自己動手做才有趣喔。看好嘍～～」

我把碗公形狀的棉花糖機的開關打開，接著把砂糖丟進去。

接著等待一陣子。

之後——

「妳看。」

「啊。」

有如雲朵般的棉花糖，從碗型容器中迅速湧出。

「哇啊啊…………好棒，好厲害喔！」

紗霧把雙手撐在地板上，整個小臉往機器旁貼過去，很感興趣地觀看著。

能不能當成繪製插畫的靈感來源呢——也許她正在想著這些事吧。

「把這些……用免洗筷捲起來——就像這樣。」

把免洗筷插進碗型容器中，接著不停旋轉它。這麼一來，純白的糖絲就緩緩地黏上筷子，逐漸變成棉花糖的形狀。

「………………」

回過神來，我發現紗霧正聚精會神地……緊盯我的動作。我露出微笑說：

「要試試看嗎？」

「嗯、嗯嗯！」

這個樣子，真像個符合年紀的小朋友。我帶著欣喜的心情，把免洗筷遞給妹妹。紗霧接下筷子後……

「是……這樣嗎？」

她拿著筷子在碗型容器中迴轉揮舞。

「要轉動筷子本身才行喔——沒錯，就是那樣。」

「……嗚嗚……這有點累人。」

「來，借我一下。」

棉花糖一點一滴地逐漸成型。

而我內心的空洞，感覺也一點一滴地被治癒。
彷彿我們就像是真正的兄妹一樣。
最後，一個比祭典攤販賣的要小上許多的棉花糖完成了。
「哇，做好了。」
「…………吃吃看吧。」
剛才派對上所作的食物，因為比較油膩，所以可能不符合紗霧的喜好。雖然油分與鹽分已經減少許多了，但對紗霧來說，也許還是甜的東西比較能讓她開心吧。
紗霧咬了一口兩人一起做的棉花糖。
「…………好甜。」
她露出了會令人融化的笑容。
「是嗎？太好了。」
看著這笑容的我，一定也露出相同的表情。
「……哥哥……來。」
「嗯？」
「……請！」
紗霧把棉花糖朝我遞過來。
「……可以嗎？」

「嗯。」

紗霧輕輕點頭。

「那就……」

我照她所說的咬了一口。

一股會令人想流淚的甜蜜滋味，在口中散開。

「好甜……呢。」

「對吧。」

「……嗯。」

我們度過寧靜的時光。跟紗霧相遇，成為虛有其表的兄妹，老爸與媽媽都不在了。能夠一起在這麼和氣的氣氛中相處，也許是第一次。

終於，就在棉花糖全部吃完的時候……紗霧小聲地這麼說：

「哥哥…………你一直都很寂寞嗎？」

「咦？」

「………………因為之前……你去住在出版社……然後回來之後……總覺得，就變得怪怪的。」

「……啊。」

的確，我這幾天……似乎是很奇怪沒錯。

雖然沒有自覺……但被人這麼一說，想想還真的是如此。

「……很寂寞嗎？不能回到我……回到家裡來。」

「也許真的是這樣。」

我老實地把內心話吐露給妹妹知道。

會那麼率直地講出來，也許就是因為這股過去從未有過的和緩氣氛吧。

「……紗霧，我啊……沒辦法一個人看家喔。」

我連這個從沒跟人說過，最為羞恥的祕密，都說出來了。

「老媽——就是我的親生母親。是在我一個人看家時，遭遇交通事故……於是就再也沒有回來了。在那之後……我就覺得很害怕。」

害怕自己一個人看家，不但害怕還很寂寞。

即使如此我還是保持沉默，沒有跟任何人說過。因為我不想妨礙老爸。

但是——

——正宗，已經不用再感到寂寞嘍，我們有新的家人了。

我想這祕密一定被老爸察覺了。

「所以，我非常高興有了新的家人。」

「是這樣啊…………………對哥哥來說，是第二次呢。」

「……嗯。」

不管是老媽、老爸還有媽媽……我都沒有辦法對他們說「歡迎回家」了。

「然後……這症狀就在自己也沒有注意到的情況下，逐漸惡化……我是這麼覺得。只是因為紗霧一直待在家裡，所以才沒有發作而已。」

在外頭過夜之後，才第一次注意到。

我非常害怕跟家人分開。也許再也無法見面了……光是在腦內閃過這種念頭，就會讓自己非常痛苦。

「真沒出息。我明明……已經是高中生了……」

當我低下頭時，頭頂傳來柔軟的觸感。

我發現到那是紗霧手掌觸感的瞬間，心臟激烈跳動起來。

「沒這回事。」

紗霧溫柔地撫摸我的頭。

「我也是……沒辦法走出房間了啊。因為對許多事情開始變得很害怕……也完全不知道該怎麼辦才好…………所以，絕對不可能只有哥哥不會害怕啊。」

「……『不用勉強去上學也沒關係』這句話，雖然我好像是為了妳才講的……」

不對，這句話，好像不是我直接對紗霧說過的話。

是惠向我詢問紗霧的情報——我自然而然說出口的真心話。

那並不是謊話。雖然不是謊話……

「……其實是因為我很害怕，也很寂寞，希望妳能夠待在我身邊而已。」

那時的真心話，並沒有全部說出來。而是隱藏了更加羞恥，更加無藥可救的另一個真心話。

「…………」

紗霧什麼都沒說，只是默默地撫摸著我的頭。

就這樣，維持一陣子後……

「……我終於懂了。哥哥想要的是家人呢。因為真正的母親不在了，新的媽媽也不在了，就連爸爸也不在了……所以非常非常地寂寞。」

「……嗯。」

我毫無抵抗地說出肯定的話語。我想，一定是因為這是真心話吧。

我抬起頭來，明確地說出口。

「我想要家人。」

「我，從來沒有把哥哥當成是家人……也不想成為哥哥的妹妹。」

紗霧說著跟以前相同的話。

只不過，接著她露出像是喜極而泣般的表情。

「不過，因為拿你沒辦法，所以就稍微，為你裝成妹妹的樣子吧。」

「謝謝妳。」

我也似乎快哭出來了。

因為很開心，非常非常開心，但是不知為何，胸口卻感到苦悶。

「我說……紗霧……妳有朝夢想邁進一步了嗎？」

紗霧砰咚的仰躺倒在床上後——

「反而退後一大步了。」

這麼說著。

著：山田妖精

04 輕小說作家能力值一覽表

Pen Name

獅童國光

Data

年齡：20歲　血型：A型
擅長類別：青春小說　少女小說
以點心為題材的類型
使用機種：sigmarionIII

Skill

Rank：？　普通汽車駕駛執照
（自排限定）
Rank：？　糕點衛生師
Rank：？　祕書檢定準一級
※ 另有其他許多家政類別的執照與檢定資格。

Memo

和泉征宗的後輩作家。
因為可愛的風格，所以被許多書迷誤認為是女孩子，但很可惜！是個男生！
製作點心的技術，嗯，還算馬馬虎虎啦。
聽好了，征宗！想吃手工製作的點心時別找這傢伙，要來拜託本小姐喔！

BP
44000

第二章

暑假中旬的某一天——我來到位於國內的某個南方島嶼。

純白的沙灘與大海，在我眼前擴展開來。美麗的藍色漸層，搖曳的波浪反射陽光，閃爍著耀眼的光芒。

眺望著壯闊的風景，就連會曬傷皮膚的陽光也不在意了。

這正是常夏的樂園。

轉頭朝向背後，那裡生長著各種大小草木的茂密森林。飯店或商店等，所謂觀光地區的設備完全看不見。

不是維持著自然原貌，而是為了讓人享受自然，經過精心整理的美麗森林。

沒錯，彷彿就像是幻想世界的妖精所棲息的——

「本小姐的島嶼——覺得如何啊？很棒對吧？」

從大海那頭，聽到了耳熟的聲音。往那邊一看，有個金髮碧眼的美少女，穿著胸口以蝴蝶結繫住的超危險比基尼泳裝，朝著這邊走過來。

「妳、妳！……那身裝扮……！」

「耶嘿嘿～」

山田妖精——住在我家隔壁的暢銷作家大人。

她大大地張開雙手，得意地炫耀。

「看到本小姐的泳裝，感到臉紅心跳了吧——和泉征宗！」

「再、再怎麼說這也太暴露了吧！」

除非是喜歡的女孩子穿泳裝，不然平常都不會放在眼裡……

可是這件比基尼……實在讓人不知道要把視線擺在哪裡。

閃爍著光輝的純白肌膚，被紅色的布料意思意思地遮住。看來她對自己的裸體，似乎很有自信——明明就沒有什麼胸部。

可是……唔……！雖然很不甘心但很可愛。真是超可愛的。

如果情色漫畫老師看到的話，她一定會因為這個絕景而超級興奮。

「我、我才沒有對妳臉紅心跳！」

我像是要掩飾想必已經滿臉通紅的臉，把頭轉到另一邊說著。

「是啦是啦，喔呵呵呵……你就繼續那樣傲嬌下去吧。」

妖精像是看透一切般說著，繞到我眼前。

「然後好好心懷感激——你該感到光榮，因為能夠來到本小姐小說裡的舞台！」

我在不把視線移到胸口的情況下，偷瞄了妖精一眼。

「妳小說裡……的舞台？」

「沒錯，本小姐的著作《爆炎的暗黑妖精》的舞台，就是以這座島嶼為藍本喔！」

「啊啊……的確，難怪覺得好像在哪看過。」

這裡跟她出道作品裡描寫的「妖精之森」，確實很相似。

氣候、景觀以及氣氛等——如果是以這座島嶼為藍本的話，這也許算得上是輕小說作品的「聖地巡禮」了。

好啦。

如果說到我為什麼來到這「妖精之森」，不，是「妖精之島」的話——

『咦～～～～！你們幾個真的都沒有去過台灣嗎？啊哈哈哈！遜翻了！沒有被請去台灣參加過活動的輕小說家，根本就是二流的嘛～～～～～～～～～～～～！』

一切的契機，都是從妖精這句令人火大的發言開始。

事情要回溯到幾天前。

在「輕小說天下第一武鬥會」的慶祝派對途中。當大家正在盡情享用祭典料理時，妖精開始抱怨起我端出來當成甜點的刨冰。

「本小姐去台灣辦簽名會時所吃到的刨冰，比這好吃多了！」

正當我想對她說不爽不要吃時，察覺到險惡氣氛的席德馬上出面緩頰。

「台灣嗎？有人氣的輕小說作家們，經常被請去舉辦活動呢。我雖然沒有去過，不過村征小姐應該有被邀請過吧？」

「嗯……我想應該沒有吧。大概。」

村征學姊小聲地說著。

身為超人氣作家的這個人，絕對不可能沒被邀請過，搞不好事情根本沒有傳到她耳中，不然就是她連拒絕過這件事都忘記了吧。

「不過，村征學姊連在關東舉辦的簽名會都徹底不參加了，國外舉辦的活動實在不太可能會去呢。」

「嗯，我不會去。因為會減少撰寫小說的時間。」

基本上，這個人只要能寫小說，之後的事情怎麼樣都無所謂了。

「征宗，那你呢？」

「我跟情色漫畫老師也都還沒有去過。只不過，聽說是個好地方。」

近年來，日本的創作者被邀請到台灣，舉辦簽名會之類的活動有增加的趨勢。其中，就在幾年前，有位輕小說作家前往台灣參加某場活動時，結果就有非常可愛的Coser華麗地角色扮演成他作品裡的女主角，而他同時摟著她們呈現「左擁右抱」狀態的照片也在媒體上公開，引發被羨慕到亂七八糟的事件。

同行們看到網路上流傳的照片，都開始興奮起來。

——真的假的！不是合成照片嗎？

──台灣超讚的啊啊啊啊啊啊啊啊啊啊啊啊啊啊！
──唔喔，我要發奮圖強！成為暢銷作家後我也要去台灣！
從此以後，被邀請到台灣這件事，對日本的輕小說作家來說成為一種身分地位的象徵。而沒有去過台灣的人們，腦內的妄想也不停膨脹，創造出無數的傳聞。
傳聞說，台灣有超多美少女。
傳聞說，在台灣，日本的輕小說作家超受歡迎！
傳聞說，台灣是輕小說作家的樂園────等等。
雖然我覺得實在是誇大過頭了。
「總有一天，我也好想跟情色漫畫老師一起去喔。」
雖說是跟編輯一起去──但也是跟妹妹兩個人到國外旅行！這聽起來多麼美妙啊！
「…………………………」
我自言自語地訴說夢想，但是席德不知為何卻鐵青著臉看著我。
……糟糕，這個人果然把我當成同性戀了吧。
他一定是想像成，我想跟情色漫畫老師（大叔）兩個人去國外旅行這種意思了吧。
不過，從這場慶祝會裡我跟情色漫畫老師的言行舉止來看，就算被誤會也是沒辦法的事情……
傷腦筋，這誤會該怎麼解開才好。要不要乾脆講出實情算了。

正當我在迷惘時，知道現場只有自己去過台灣的妖精，就說出了剛才那令人火大的台詞——事情的經過就是這樣。

「真拿你們這群人沒辦法呢。除了本小姐外，竟然沒人去過台灣。台灣很棒喔～氣候溫暖，冰涼的西瓜汁也很好喝。還有各種口味的小籠包，料理也都很美味，還教了本小姐好多道菜的作法呢。」

「聽妳剛才這些話，就知道妳在當地只是一直吃吃吃而已。」

「吃了那麼多胸部也沒有成長，真是遺憾。」

我和情色漫畫老師（in平板電腦）一這麼吐嘈，妖精的聲音就變得很粗魯。

「什麼啦！本來還想說下次本小姐就把這次在台灣學到的料理，做給你們這群可憐人吃的說！」

「啊，那個我想吃。」

情色漫畫老師這麼回答。

「哼！真會見風轉舵——不過，一講到台灣就讓本小姐又想去了。難得放暑假，本小姐跟征宗還有村征也都剛完稿，要不要乾脆大家一起去台灣玩呢？」

「不，我就先不論，但是妖精老師妳是不是差不多該開始工作會比較好？」

「妳還有動畫化的工作吧？而且好像也決定要製作成遊戲了。」

我跟情色漫畫老師把疑慮告訴她。

「沒問題～沒問題的啦♪時間超級充裕的啦♪到了那邊本小姐也會好好工作啦！」

會講這種話的傢伙，絕對不會好好工作。

「村征妳會去吧？」

「這會減少寫小說的時間，所以不去。」

很乾脆地回答。嗯，就知道這個人一定會這麼說。

「……………看來本小姐還是另外單獨說服妳比較好。國光呢？如果超過二十歲的你可以擔任監護人的話，那就幫大忙了。」

「如果大家都要去的話，那我沒問題喔。」

席德回了個妥當的回答，接著朝我瞄一眼。

照判斷這是要詢問我意見，於是我揮揮手表達拒絕的意思。

「不管怎麼說，台灣是沒辦法去啦。我也沒有護照啊。」

「咦？你是說真的還假的？」

「當然是真的。我出生到現在可沒有出過國。」

「嗚哇～～～～～～真不敢相信。所以你才只會說日語呢——明明是個作家。如果自己的小說要出海外版本的時候要怎麼辦啊？這樣不就不能自己翻譯了嗎？」

「不不不，能自己翻譯海外版本的人，也只有妳而已。一般都是會麻煩譯者翻譯吧。」

「就算這樣你還是要多用功點啦！作品在國外被翻譯成什麼樣子？讀者反應如何？身為作者

你都不會在意嗎！」

竟然叫我多用功，等妳自己加減乘除不會算錯的時候再來講別人啦。

不過話雖如此，能夠親自翻譯自己的小說實在很厲害，也讓我覺得很了不起。

「話題扯遠了呢。唔～既然如此那就沒辦法去國外旅行了。這樣的話，只能去別的地方了吧。日程大概是三天兩夜左右，去國內的南方島嶼好了！」

「等一下，不要擅自決定好嗎？我不會去喔。」

「咦？為什麼！是跟本小姐一起去旅行耶！這不是超光榮的嗎！」

「不，我不覺得啊。」

「——啊，你是想要跟本小姐兩個人單獨去是吧？雖然很了解你的心情——」

「才不是！為什麼妳總是不好好聽別人說話啊？我已經決定絕對不再把妹妹留在家裡去外宿了。所以不可能去旅行。懂了嗎？」

「…………沒想到會是這麼噁心的理由。喂喂，情色漫畫老師，你覺得這段發言怎麼樣啊？」

「…………沒、沒什麼……感想…………不過，稍微有點噁心。」

情色漫畫老師變回平常的語氣低聲說著。雖然我稍微產生動搖……

「噁、噁心也無所謂。要我三天不見到妹妹，可是會寂寞而死的。」

「你不是在擔心妹妹，而是你自己會寂寞吧！」

「正是如此。」

但還是抬頭挺胸地回答。

「這、這個死妹控，竟然講得如此正氣凜然……不過，真的好嗎？跟美少女們一起在南方島嶼，享受夏日假期——本小姐認為這可是讓作家技能獲得提昇的難得機會喔。」

「什麼意思？」

為什麼去度假可以提昇作家技能啊？

「因為，你接下來得要撰寫有許多可愛女孩子登場的戀愛喜劇系列作品對吧。今後也有機會寫到所謂『泳裝場景』的時候不是嗎？」

「！」

「有機會能去取材的時候怎能不去，身為撰寫戀愛喜劇的前輩是這麼覺得的啦～」

「唔、唔嗚嗚……」

雖然知道這是妖精的推銷話術，但的確有道理……！

看著不斷呻吟的我，妖精擺出大動作像要追擊般地說：

「本小姐知道一個好地方，不用預約就能夠住宿，還有著美麗的海灘跟大自然，很適合當作輕小說的舞台喔！甚至還能當成動畫取景的地點呢！」

「可、可是啊……我也還有工作……」

「就取名為『夏季取材＆執筆集訓』！這是為了達成你們的夢想，所絕對不可或缺的活動喔！」

「不可或缺……咕唔……可、可是，又不想跟妹妹分開……」

看到我更加猶豫不決，妖精繼續盯著我，然後頭也不轉地指著村征學姊的胸部。

「只要你參加的話，就能看到本小姐跟村征穿上泳裝喔！」

「喂，那邊的蠢材。我應該說過我不去了吧。」

即使村征學姊這麼吐嘈，妖精也毫不停頓。

「那傢伙之後本小姐一定會說服她，所以不要在意！——唔！你還在猶豫嗎？ＯＫ，本小姐明白了。既然你這麼堅決，我也只好拿出王牌。」

「本小姐跟她兩個人，會為你穿上色色的比基尼泳裝！」

「為、為為為、為什麼變成連我也要穿了！」

村征學姊滿臉通紅地大喊。她是個對情色沒有抵抗力的人。

另一方面，我跟情色漫畫老師對妖精的提案產生激烈反應。

「「真的假的！」」

「不、不要連你們也變得那麼感興趣！我才不穿！絕對不會穿！」

學姊用雙手緊抱著被和服所包覆的胸部，並且用力地搖頭。

「等這個旅行企畫實現的那一天，本小姐絕對會讓她穿上，所以儘管放心吧！」

「嗚、嗚唔～～～～～～～～～～～」

老實說我很想看。先不論妖精，我超想看學姊穿上比基尼。如果還順利拍到照片的話，就能成為情色漫畫老師用來作畫的頂級資料。

但是……可是……！

我「呼——」的吐出一口氣，調整呼吸，回答她：

「妳的好意我心領了，但還是算了。」

一來我害怕跟妹妹分離，再說把妹妹留在家裡外宿我也會擔心，如果不管情色漫畫老師，我一個人去旅行的話，只有她不能去也很可憐啊。

我的下一次旅行，得等到紗霧能走出家門以後了吧。

這樣就夠了。

「————」

妖精聽到我的回答，暫時瞪大眼睛。

「知道啦。不過，你能再稍微考慮一下嗎？本小姐會等你的回答到明天為止。」

這天晚上。大家都回去以後，在「不敞開的房間」裡發生這樣的對話——

「……哥哥，你去集訓吧。」

「咦？」

「我沒有關係……也可以好好看家……」

「不……可是啊……」

「你很想去吧？難得跟大家在慶祝會上變成好朋友了，而且又能夠取材，還可以看到大家的泳裝——南方島嶼一定會很好玩，你是這麼想的吧？」

「這個嘛……嗯，的確沒錯。」

正是如此。紗霧還真了解我。

「但是，我不能拋下妳去旅行。」

我會擔心、害怕，又覺得可憐……而且我會寂寞。

「之前那次不就完全沒問題嗎？」

這是指我在編輯部閉關時的事情。

那時候雖然偶爾會回來一下，但也有過連續三天沒有回家。

所以要說沒問題，「紗霧她」的確沒問題。

只講紗霧的話。

「要說的話，我可是大有問題。」

紗霧輕輕笑著說：

「我知道。」

這是當然的。因為剛剛我才剛說完「我離開妹妹去外宿，結果就寂寞到快死掉了」這些話而已。

「明明一整年，幾乎都沒見過面……真奇怪。」

「但我們都一起住在這個家裡啊。」

就算沒有見面，也都住在同一個屋簷下。

就算沒有「歡迎回來」的回應，但有個可以說「我回來了」的人在家裡頭。

所以不是孤單一人。

「呵呵……好啦好啦。我會每天晚上打電話給你的……你就去吧。」

被她這麼溫柔地一講，這次不是因為寂寞，而是害羞到快死掉了。

「……妳是我媽喔。」

這完全就是雙親對第一次離家去外宿的孩子所說的台詞。

實際被她這麼一說，我自己也很清楚「妹妹每天晚上打電話給我」這件事，對我「會寂寞到快死掉」的病非常有療效，但這也讓我感到超級羞恥。

我像是要掩飾這點地回問她：

「……那妳呢？」

「？」

「…………妳……不會寂寞嗎？跟我分開了三天。」

「……噗！」

妹妹噗哧的笑出來。這真是讓我看到稀奇的表情了。

「……我，沒事的。但是，倒是有點，擔心哥哥。」

「喔，是喔。」

我哼的轉過頭去。

「你生氣了嗎？」

「沒生氣啦。」

只是在害羞。我不想被她看到我滿臉通紅的臉啊。

「我真的沒問題，所以你放心去參加吧。丟下我一個人的話就像我被排擠很可憐——你大可不用這麼想喔。因為，完全不會是那種情況。」

「……為什麼妳可以這麼說呢？」

我偷瞄了妹妹的臉龐，她笑嘻嘻地——露出充滿魅力的笑容。

「我現在啊，正在繪製《世界上最可愛的妹妹》的插畫。」

「和泉老師寫完小說以後——接著就輪到我繪製插畫了。」

是這樣啊……說起來，已經是這個時期了。

情色漫畫老師以認真的表情說：

「就像和泉老師連續好幾天關在編輯部裡努力一樣，我也想一個人集中精神。我會以我自己的方式努力——所以和泉老師，請你為了能寫出『後續』，去努力取材吧。為了實現我們的夢想，我想這是最好的方式。」

「……紗霧。」

這傢伙不是因為關心我，才說出「路上小心」這句話來。

而是為了實現「我們的夢想」，覺得這樣才正確，所以才說出口的。

既然如此的話——我可不能說出寂寞之類的任性話。

「……知道啦。我就去吧。」

「嗯。」

妹妹很滿足似地揮揮手。

「哥哥，路上小心。」

想必，當我帶著滿滿的伴手禮回來時——

情色漫畫老師一定會拿著最棒的插畫出來迎接我吧。

然後我的妹妹——

「……其實我已經跟小妖精講好了……把哥哥借給她的代價，就是要讓那兩人為我的藝術進行全面性的協助……呼呼呼。」

嗯呵～～她露出滿溢著別有意圖的笑容，以這段話做結尾。

總之，就是這樣——

我們以「夏季取材＆執筆集訓」這種名目，決定前往妖精家所擁有的南方島嶼。是附贈私人海灘與別墅的三天兩夜之旅。

雖然之前就微微覺得可能是這樣，但看來妖精的老家果然相當有錢。

畢竟本人的言行舉止也很像暴發戶嘛。

妖精的家庭，似乎有著不輸給我們家的特殊狀況存在。

不過我沒有自己開口問她的打算。

好啦，跟鄰居一起出門，來到作為會合地點的羽田機場大廳後，席德已經先到達了。

「早安。」

看到他以爽朗的笑容揮著手，我們也對他打招呼。

「早啊，席德。」

「早啊。」

順帶一提，今天的妖精穿著無袖背心以及迷你裙，比平常普通許多的裝扮。不過因為上頭有許多白色荷葉邊，所以給人的整體印象沒有多大的改變。

我跟席德都穿著短袖的薄上衣。

「這麼說來，雖然人還沒到，但村征會穿什麼樣的服裝來呢？」

「應該不至於連去南方島嶼都穿和服——但是好像有可能耶，畢竟是那個人。」

我跟席德都有同感。

因為村征學姊平常穿的，也是夏季用的輕薄和服吧，不過即使如此還是完全沒看過她流汗的樣子。她總是一臉沉著冷靜的表情，還真覺得她該不會是亡靈之類的。

恐怕她真的有可能稀鬆平常地穿著和服到南方島嶼呢。

「再說，一直頑固地說不會參加的村征學姊，真的會來嗎？」

「本小姐已經徹底說服她嘍。慶祝會結束要回去時，村征、本小姐還有情色漫畫老師用Skype進行討論，差不多要被看穿的『那個祕密』也直接告訴村征了——總之，雖然發生很多事，但總算是順利成功了。」

紗霧把自己的真實身分告訴村征學姊……是這麼一回事吧。

知道妹妹的祕密的人，正逐漸增加。

「村征所提出的條件裡，其中有些需要你的協助，可以吧？」

「這種事情妳要早點說啦。不過如果是我能辦的事情，倒是無所謂啦。」

「沒問題ＯＫ的啦。不是什麼大不了的事。」

真令人不安……

話說回來……被妖精說服的，不只是村征學姊而已，就連紗霧也是。

只不過紗霧對於我參加集訓這件事，本來就贊成——雖然不是無條件答應。

……我想起情色漫畫老師一臉奸笑的樣子。

——把哥哥借給她的代價，就是要讓那兩個人為我的藝術進行全面性的協助。

「……那個，是不是被開了很多條件啊？就是情色漫畫老師……」

當我一問，妖精也許想像到「條件」的內容，於是開始臉紅。

「……嗯，是沒錯啦。雖然有點害羞，但這也是為了集訓喔。」

雖然詳情不明，看來條件果然是些色色的事情。我就覺得會這樣。

「不是啦，最喜歡全裸的妳就罷了，但真虧村征學姊這樣的純情少女，竟然會答應情色漫畫老師的情色條件。」

「她沒同意喔。」

「咦？」

「情色漫畫老師所提出的條件裡頭，有些實在是太色太糟糕，於是這些條件就在不被村征聽到的情況下，只跟本小姐說而已。然後啊，本小姐就直接代替她本人回答說『村征也說ＯＫ喔！』。」

「這樣不行啦！妳這樣子！跟擅自幫她向惡魔簽下契約沒兩樣啊！」

絕對不可以小看情色漫畫老師對色色的模特兒的怨念。

那傢伙絕對會履行契約的……！

「該怎麼辦啦！這下要怎麼跟村征學姊說才好……」

「呵！完全沒有問題。」

妖精指著我的臉。

「你不是跟她約定好了嗎？在『輕小說天下第一武鬥會』獲勝的一方，就能對輸的人下任何命令——好像是這樣子吧。」

「妳、妳是要我使用那個權利嗎！要對村征學姊對情色漫畫老師所提出的條件——例如說『給我看內褲』或是『擺出色色的姿勢』之類，下那種色色的命令嗎！」

「嗯。」

「我哪有那個臉去講啊！再說那個已經以『再也不要妨礙我們』這命令用掉了啊！」

「是嗎？可是本小姐覺得那傢伙大概不會這麼想喔。」

「咦？真的嗎？」

「真的真的。就算你不命令她，那傢伙也不會再妨礙你們的夢想了吧，本人一定也興奮地想著『征宗學弟會對我下什麼樣的命令呢？』吧。因為她非常信任你，還真是可愛呢——來，現在正是反叛之時！不用有所顧忌，盡情對她下達色色的命令吧！」

「妳這人的性格還真是棒透了。趁這機會我就老實說了，如果真的是那樣子的話，不覺得很浪費嗎？」

這是能讓美少女「聽從你任何命令的權利」耶，我可是想仔細思考後再使用。

「既然都約定好『任何命令』了，那就乾脆先說說看『增加命令的次數』，或者是『一輩子都當我的肉奴隸』之類的？」

妖精所寫的小說裡頭登場的暗妖精，大概都是這副德行。

「唔嗯……………妳覺得可行嗎？」

「那傢伙明明看起來一副冷靜沉著的樣子，但其實毫無防備到讓人覺得可愛，所以沒問題啦。搞不好輕輕鬆鬆地就說ＯＫ了。」

「會這樣嗎？有到那麼毫無防備嗎？」

「超毫無防備的喔！可以啦沒問題的啦！」

「話說回來，學姊還沒來嗎？要不要看誰去接她會比較──」

「…………我早就到了喔。」

「「！」」

從背後傳來的聲音，讓我和妖精的背脊為之一震。

當我們以僵硬的動作轉身後，只見全身噴發出漆黑殺氣的村征學姊站在那裡。

「………………………」

糟糕，這完全是看待豬隻的眼神。

「那個，學姊……剛才的話……妳聽到了？」

「喔……是嗎，原來，我毫無防備嗎？」

「真的非常抱歉！」

我舉起雙手全面投降。

「剛剛說的都是玩笑話！所以請不要把陽傘的尖端朝向這邊！」

順帶一提，今天學姊的穿著是白色連身裙配上陽傘，外觀看起來非常像個大小姐。

但因為眼神超級兇惡，反差之下就顯得無比恐怖。

還發出淒厲的殺氣。

「哼、哼……算了。」

學姊嘟起嘴巴，把刀收——不，是把陽傘收起來。

「咳，比起這些……征宗學弟，你應該有話要對我說吧。」

「咦……呃？」

是什麼呢？企圖對妳下些色色的命令真是非常抱歉——從詞句上來看應該不是這個吧。

這樣的話……

「學姊，妳這身服裝——」

「嗯、嗯嗯。」

「——是情色漫畫老師選的服裝風格吧。」

學姊滑了一下。但她立刻調整好姿勢。

「是、是這樣沒錯！這是跟情色漫畫老師訂定契約後，由她指定了這種風格的服裝……！不過……你啊……！」

「我覺得，很、很適合喔。」

雖然慢了一步，但我還是陳述感想。

可是我實在不習慣去稱讚女孩子，所以語氣變得很笨拙。

「很高雅，又很可愛，嚇了我一大跳呢。」

「～～～～～～～～～」

學姊露出混雜著害羞與憤怒的表情並且滿臉通紅。

「你、你真是個大蠢材！」

她很難得地發聲大喊，然後把頭轉過去。

……喂，妖精老師。跟剛才說的不一樣啊，一點也沒有毫無防備的樣子好嗎？

當我對身旁的妖精使眼色時，她突然閉上單眼「咳哼」的咳了一聲。

「征宗……你應該也有話，要對本小姐說吧？」

「沒有啊。好啦，快出發吧。」

「等、等等！應該有吧！你看，就是服裝之類——給我看清楚了！——你、你啊，會不會對本小姐太無情了！」

就這樣——我跟夥伴們搭上飛機，再轉乘計程車與渡輪，來到了南方島嶼。

如果是我寫的戰鬥小說，這種時候絕對會發生突發狀況，或者敵人會剛好在此時攻打過來，不過現實中當然不會發生那種事情，所以我們平安抵達目的地。

這裡萬里無雲，是非常爽朗的炎熱天氣。明明同樣是日本，但跟關東地區卻有極大差別。

我們跟在妖精後頭，走下渡輪。

當我們走出航廈時——

「！」

有個無比顯眼的人物，映入我們的眼簾。

他舉起單手，朝這邊緩緩揮舞。

是位金髮碧眼的男性，額頭寬廣，身材高挑細瘦，穿著整齊的白襯衫搭配西裝褲——不對，與其用這種平淡無奇的描述，還是用更加簡單易懂的比喻吧。

有個長得像是「魔●」裡勒荷拉斯的人站在那。

那是現實世界裡基本上不太可能看到的超級美男子。

「……什……麼……」

先不論服裝，因為他背後就是茂密的森林，所以看起來就像個真正的妖精。

感覺現在也好像隨時會舉起弓箭。

「喔……沒想到『妖精之森』……真的存在啊……」

「不是吧……村征學姊，再怎麼說那也太……」

就算我對不知何時走到我對身旁的學姊吐嘈，但眼神終究離不開勒荷拉斯。

走在前頭的妖精，充滿活力地對他揮手。

「哥哥！」

「竟然是妳哥！」

我不禁放聲大喊。

呃，的確……！雖然從外觀上就看得出血緣關係！

那個有如妖精般的大哥哥，就是妖精的哥哥……？

糟糕，搞不懂自己在講什麼了。

「妳、妳說哥哥——也就是說他是妖精的哥哥嗎！」

「沒錯。我來介紹一下——」

妖精把手朝向往這邊走過來的勒荷拉斯示意。

「這是本小姐的責任編輯，也是我的哥哥克里斯喔。」

「初次見面，各位好。我是FULLDRIVE文庫編輯部的山田克里斯。歡迎各位遠道而來。」

真是無比帥氣又低沉的聲音。

跟以前在電話中交談過的人是一樣的聲音。

實際像這樣碰面後，那種幹練的成年人形象就更加強烈了。
跟妹妹完全不同，感覺稍嫌嚴肅了點。有點可怕。
席德小聲問我：
「妖精老師的哥哥，原來是編輯啊。」
「嗯。」
「……那是本名嗎？」
「這、這就不清楚了。」
當我們講悄悄話時，勒荷拉斯……也就是克里斯先生，表情毫無變化地說：
「我並不打算打擾各位的『取材&執筆集訓』。只是，因為不能把招待各位的事全部交給妹妹一個人。所以集訓期間我也會待在島上，還請各位諒解。」
「其實不用也無所謂啊……再說，哥哥啊，你可不可以不要那麼嚴肅啊？這些可是本小姐的朋——不，忠實的僕人們喔。」
叩！一個手法極為熟練的鐵拳，朝妖精的腦袋揮下。
「～～～～～」
妖精泛著淚光雙手抱頭。克里斯大哥用毫無改變的語氣說：
「那可不行。包含山田老師在內，各位都是作家，而我則是編輯。公私必須分明才行。」
這麼說來，現在這拳不是針對「妹妹」，而是對「山田妖精老師」講求公事公辦的編輯鐵拳吧。

FULLDRIVE文庫好可怕。

說起來，這個人就等於是硬把妖精強行帶走的那群黑衣集團的老大呢……絕對不能惹他生氣。

「那個……這次的集訓，與其說是以作家身分，我們主要還是以令妹的朋友身分前來的……或者該說這是私人行程，所以講話請不用那麼拘謹喔。」

對吧，各位——我向大家尋求同意，席德與村征學姊也點頭贊同。

「……既然如此的話，那我就恭敬不如從命。」

克里斯先生的表情稍微變得柔和。

「妹妹能夠結交到興趣相同，年紀又相近的朋友……也讓我放心了。很感謝你們……雖然她是個有許多問題的傢伙，但希望今後也請你們好好跟她相處。」

不是「同行」而是「興趣相同」的這種表現，微微透露出他真正的期望。

「等等——哥哥你在說什麼，這樣很丟——」

妖精滿臉通紅地想插嘴，不過她這樣子實在令人不禁莞爾微笑。

「好的，我明白了！請放心交給我！」

我刻意大聲回答。

「真、真是的！連征宗你也……！快、快點走啦！」

為了把行李放下，我們在克里斯先生的帶領下，先前往妖精家的別墅。

發出沙沙的腳步聲，我們走在鬆軟的細沙上，那是毫無人煙的美麗沙灘。

往陸地這邊看過去，遍布著有如幻想故事舞台般的森林。

這副景觀，簡直會讓人忘記這裡是日本。

途中，我們開始閒聊。

「妖精。妳的山田妖精這筆名，是本名嗎？」

村征學姊向妖精詢問。

「這不是本名喔。只是把哥哥的姓『山田』，拿來當筆名用而已。」

這麼說來，就代表妖精的本名沒有「山田」這兩個字在裡頭。

還是老樣子，這傢伙家裡的情況，真令人搞不懂。

對了，慶祝會的時候，村征學姊還幾乎都只跟我說話而已，可是不知不覺間就也能跟妖精普通地交談了。

稱呼也從「山田老師」變成「妖精」，現在也有把名字記清楚。

——情色漫畫老師，既然很閒，要不要三個人一起玩個遊戲啊？

我想起妖精跟紗霧成為朋友時的情況。

這次也是強硬地變成朋友的嗎？

跟那個村征學姊。

與超級班長惠完全不同，也許妖精真的擁有可以稱作「跟問題人物成為朋友的技能」這種才能。

當我思考這種事情時，村征學姊詢問妖精。

「那麼，妳的本名是什麼？」

「呼呵呵……想知道嗎？但是不行……這是少女的祕密喔。如果無論如何也想知道的話……」

「我來告訴大家吧。」克里斯先生說著。「我妹妹的名字是艾──」

「哇哇哇！不、不要說出來啦！本小姐那神祕美少女的形象會被破壞掉的！」

克里斯先生雖然想把妹妹的本名說出口，但在途中就被妖精慌忙制止。

雖然感覺有點可惜，但本人不想說的話也沒辦法。

村征學姊也沒有繼續追問下去。

「這麼說來……我沒有問過大家的本名呢。」

作家之間因為都用筆名來稱呼，所以很少有機會知道本名。

「我的獅童國光這筆名，只是把漢字稍微改變一下而已，幾乎就是本名喔。」

「是這樣啊。跟我一樣呢──村征學姊呢？」

怎麼想都覺得千壽村征這應該不是本名。

村征學姊被我這麼一問，她稍作思考之後，嘟起嘴唇小聲地說：

「……現在還不能告訴你。因為會不好意思。」

「會講這種話的人，一定都是很可愛的名字！」

正當我們聊得興高采烈時，似乎已經到達目的地。

「這就是本小姐家的別墅！大家住在這時，就儘管當成自己家裡吧！」

妖精雖然這麼說——

「…………」

「…………」

我跟席德一臉驚愕地嘴巴開開，抬頭仰望著這別墅。

不，其實從渡輪航廈走出來時，就已經微微有這種預感——真的完全就是「超高級度假勝地」會出現的「有錢人別墅」。

純白色的單層獨棟平房。空間相當廣闊，充滿開放感。面向大海的陽台上，並排擺放著沙灘椅。掛在樹木間搖晃的吊床，感覺也非常舒適。

從大海看過去，隔著別墅的另一側有通往森林的綿延小徑。

距離夕陽西下的時間還很早，猛烈燃燒的太陽，把地面曬得十分滾燙。

真是去海水浴的絕佳日子。

「……來拍些照片吧。」

「啊，說得也是。」

我把行李放在入口，順著整棟建築繞一圈，拍下好幾張照片。

席德也一樣。至於村征學姊，因為她沒有智慧手機也沒有相機——但她以非常認真的眼神，緩緩地環視周圍，跟我們走在一起。

她有時會蹲下來，用手指撥弄沙子，觸摸樹幹，或是撿拾貝殼，就像個好奇心旺盛的小朋友，什麼事情都想嘗試一下。簡直像是動用所有感官實際體驗這個地點，要把它深深記憶在腦海裡一樣。

這時候，帶著一臉自豪笑容跟在我們後面的妖精，把手掌捲成擴音器形狀說：

「村征，征宗看到妳的內褲嘍～～」

「噫呀！」

在樹木旁蹲下的學姊嚇了一大跳，她按住臀部轉向我這邊。

「看、看到了……？」

「沒、沒看到……！」

其實看到一點點。

真、真是的……都是這位學姊不好，實在太沒防備了。

在別墅的交誼廳，我們把行李放下，開始分配房間。

妖精手插在腰上，用有如領隊般的口吻說：

「因為房間多到有剩，所以讓大家都住單人房也是沒問題——可是那樣子，就沒有一起外宿的意義了。好，就用兩間雙人房吧。然後房間分配嘛，本小姐跟征宗，國光跟村征這樣就好了！」

「哪裡好啊！」

為什麼要特地弄出兩組男女配對！

「這是本小姐的別墅喔。有什麼意見嗎？」

「有。」

這麼回答的人是村征學姊。她露出銳利的眼神用陽傘的尖端指著妖精。

「妳是要認真分配還是想死，選吧。」

「……妳的眼神好認真……當、當然是開玩笑的啦。只要男女分開就好了吧。那就本小姐跟妳，征宗跟國光。這樣可以？」

本來想說這次應該是很妥當的房間分配。

「咦？我跟和泉同房？」

席德發出似乎很厭惡的聲音。我很焦急地問他：

「……………那個……請問……………席德……………你不想跟我同房間嗎？」

至少我想知道理由。結果席德露出充滿歉意的表情這麼說：

「………要跟同性戀同房，這有點……」

「我才不是同性戀！」

果然嗎！果然產生那種誤解了啊！

「咦……可是，你跟情色漫畫老師他……」

「我跟情色漫畫老師不是那種關係！那個人跟我都不是同性戀！相信我！」

嗚嗚……自己越講越覺得滿腹苦水……！

我依舊隱瞞情色漫畫老師是女孩子這件事，拚死地對他解釋。

各自把行李放進房間之後，我們在餐廳享用了簡便的午餐。餐點是別墅的管理員所準備的東西，是一頓毫不吝惜地使用海鮮，非常高雅的餐點。

旅費很便宜，住宿的別墅也很豪華……待遇可說遠遠超乎我想像之上，老實說，這讓我頗為困惑。

「晚上就請你們吃本小姐親自下廚的料理，敬請期待吧！」

妖精這麼說著，還向我拋了個媚眼。

我十分清楚她的女子力，所以雖然才剛吃飽，還是令我垂涎三尺。

如果妖精有了喜歡的人，一定可以三兩下就抓住那個男人的胃吧。

飯後在交誼廳休息片刻後。

「馬上就來去海邊玩——更正，來去『取材』吧！」

大家決定要前往海灘。

各自先回到房間裡，換好泳裝就在現場集合。

「和泉，請你先去吧。我把工作的郵件寄完後就過去。」

「了解。」

於是我一個人前往海灘——

「本小姐的島嶼——你覺得如何啊？」

到此終於回到故事的開頭。

現在，我在白色的沙灘上，跟穿著色色泳裝的妖精面對面。

說來丟臉…………現在我非常地動搖。我跟這個趾高氣昂的鄰居，明明應該是互相不用跟對方客氣的關係，現在卻感到十分尷尬。

不管是席德或是村征學姊都好，能不能快點過來啊。

「那個……村征學姊呢？」

「嗯？呵呵……那傢伙大概……還不會過來吧。」

妖精一臉不懷好意的表情，發出像是裝傻的聲音。

「你也一樣啊，國光沒跟你一起過來？」

「他說等他把工作的郵件寄出去就過來。」

「是嗎——跟計畫一樣！」

「啊？」

「沒事！」

妖精把手插在腰上，滿臉笑嘻嘻的表情。

「呵呵，那麼，現在就是只有本小姐跟你兩個人獨處了呢。」

「……是這樣……沒錯。」

……怎、怎麼了？現在的妖精……也許跟穿上色色泳裝也有關係……但她給人的感覺……好像不太一樣……

「真沒辦法！在大家過來之前，就我們兩個人去玩吧！」

「喂、喂喂……」

妖精緊握住我的手，把我拉往海邊。

柔軟的手掌觸感，讓身體變得僵硬……我就像隻被抓進浴室的小狗一樣，整個人被拖著走。

「喂喂，你是在害羞什麼啊？為了寫出有趣的戀愛喜劇，所以要取材不是嗎？你想要實現自己跟妹妹最重要的夢想吧？」

「啊、啊啊——取材，是取材啊。」

終於稍微能接受了。也就是說……這是為了撰寫海水浴場約會的取材……

「所以妳的言行舉止從剛剛開始，才會裝得好像是我的女朋友一樣啊。早點說嘛，害我嚇了一跳。」

「…………唔…………」

妖精有一瞬間無言以對，但接著又立刻露出笑容。

「哎，就是這樣！不只是你，這也是本小姐的取材，所以你可得好好扮演男朋友的角色喔！」

「男、男朋友？」

「不願意嗎？」

她依舊握著我的手，抬頭看著我擺出「懇求」的姿勢。

「嗚……咕……」

總覺得，很不妙。現在的妖精——非常危險。

「也不會……不願意……啦。」

「是嗎！那麼，首先就來進行第一項取材。最標準必備的約會事件——」

妖精把我拉到海灘旁的海灘傘下，然後整個人躺到塑膠墊布上——以仰躺的姿勢。

「……嘶……呼……」

她意義深遠地深呼吸一下。

接著迅速地把胸口的繫繩解開。

「來、來吧征宗！請在本小姐的身體塗上防曬油吧！」

「等等等等妳真的等一下！」

糟糕糟糕糟糕糟糕！各方面都非常糟糕！因為幾乎就要看到了！

我把雙手伸出去擋住自己的視線，試著拚命對她吐嘈。

「妳、妳突然幹嘛啦……！快住手！快點遮起來啦白痴！妳這個暴露狂！」

「請、請你不要誤解！本、本本、本小姐也覺得很羞恥啊！這件事是絕對不會讓其他人來做的喔！這、這是為了對戀愛喜劇約定俗成的劇情進行取材，才勉為其難這麼做的！」

「自己把胸部整個露出來的女主角什麼的，哪會有像這樣的戀愛喜劇劇情啊！」

「當然有！本小姐剛好正在寫！」

的確如此。這傢伙筆下的女主角都跟作者一樣，盡是些馬上就會脫衣服的角色。

「別、別管那麼多了快點塗吧。你也一樣，總有一天會有撰寫這種劇情的時候。」

「我絕對不寫！拜託妳至少翻身一下吧！」

如果是趴著的話，那至少，勉強還能……雖然還是會很害羞——但也許，還能忍耐。

「呵、呵呵呵——你、你還真遜呢，和泉征宗。」

妖精有如嘲諷我般說著，但意外老實地翻身趴下。

「呼。」

得、得救了……

不，或者該說，其實這傢伙的羞恥心也已經到達極限了。

絕對沒錯。因為她臉超紅的。

「好、好啦……本小姐趴下來嘍……請、請塗吧。」

不知不覺間，變成好像只要她趴下來，我就得幫她塗防曬油一樣……這讓我想到一種詐欺手法，想要拜託別人時，首先要以會被拒絕為前提，提出對方絕對辦不到的請求，不過現在已經為時已晚。

「……咕嘟。」

我拿起放在墊布旁的防曬油，把黏稠的液體倒到手掌上。

接著——

跟妖精的哥哥四目相交了。

「…………………………………………………………」↑手上呈現沾滿黏液的狀態，臉部開始抽搐的我。

「…………………………………………………………」↑一臉嚴肅地盯著我的克里斯大哥。

唔喔喔喔喔喔喔……………………自從上次阻止情色漫畫老師的脫衣秀以來，這輩子就再也沒有

遇過如此強烈的焦躁感了……

這、這個人……為什麼會在這裡……

「…………」

克里斯大哥的視線，朝下方移動。

她的妹妹，正赤裸著上半身趴在那邊。

「怎、怎麼了嗎？快、快點動手啊……唔…………把你那有摧淫效果的猥褻黏液，盡情地塗抹到本小姐這美麗又稚嫩的肉體上吧！」

這、這傢伙！偏偏在這種時候講出像是十八禁遊戲般的台詞……！

克里斯大哥依舊一臉嚴肅地看著這邊。

防曬油從我僵硬的手掌上，往妖精的背上滴落。

「呀嗯嗯♡不、不管被你這種低賤的人渣怎麼玩弄，本小姐決不會連心靈都任你擺布的……♡」

「妳這傢伙！絕對是故意這麼做的吧！把我逼上絕路有那麼好玩嗎！是這樣沒錯吧！」

竟然那麼起勁地營造氣氛！

可惡！這是什麼拷問……！

這跟剛才在完全不同的意義上，更讓我心跳加速了啊混蛋！

「真、真的嗎……？唔嗚嗚♡……只、只要本小姐能忍受這種快樂一個小時……你就肯放棄奪取哥哥的貞操了嗎……？」

「妳用那麼煽情的語氣講什麼鬼台詞啊……！」

竟然在被哥哥目擊的狀況下，把我的同性戀疑雲作最大限度活用，思考出最糟糕的台詞！

只有在這種時候，這傢伙才是真正的天才作家！

僅僅一句話，感覺就要把我從社會上抹殺了！

「不對，不是這樣的！克里斯先生！這只是在取材——」

原本看著妖精的我抬起頭來，正準備找些藉口時……

「咦？不見了……？」

克里斯大哥的身影，已經從原地消失了。

是因為這個情景實在太過慘烈，所以大受打擊後逃走了嗎？

不管怎麼說……下次遇到他時，我似乎就得承受無比尷尬的氣氛來向他辯解才行了。

幫妖精（只有背上喔）塗好防曬油後，我被她拉往大海前進。不管村征學姊也好或是席德也好，完全沒有要過來的跡象。

「到底是為什麼……？」

「好啦好啦，別在意那麼多，繼續繼續。接下來是『第二項取材』喔——」

「『第二項取材』？是要做些什麼？」

「就是男女朋友間恩愛地互相潑水喔。就是那個呀，『呀啊，好冰喔♡真是的，你怎麼這樣啦～～♪』這種一定會有的互動。」

「…………所以要我們兩個玩這招？就我跟妳？」

「沒錯。呵呵呵～很幸福吧？雖然只是暫時的，但你可是能成為本小姐的男朋友呢。」

「…………但是這好丟臉所以還是算了。」

「為什麼啊！來玩嘛！」

「再說，那個有什麼好玩的嗎？」

「能跟喜歡的人，以接近全裸的姿態打情罵俏這點很棒啊！」

我覺得，只要是互相喜歡的對象在一起，不管做什麼都會非常有趣——就只是這樣子而已，不過給這傢伙講的話，聽起來會變得是很情色的行為。

「嗯唔……」

「沒辦法下定決心嗎？真拿你沒辦法——那就先從『第三項取材』的『教美少女游泳』這項來做起吧。這種劇情的優異之處，就是即使主角身心健全又毫無邪念，也能夠很自然地跟女主角產生緊密的肌膚接觸。在男方親自細心教導女方的同時，因此碰觸到身體各種部位，藉此培育出戀情。LOVE & TOUCH——真是句名言。來，讓我們實行吧。」

啪，妖精拍拍我的肩膀，想要進行打情罵俏的劇情。

我這麼回答她：

「我不會游泳喔。」

「你這樣不行啊！本、本小姐完美的計畫竟然……！」

計畫是什麼鬼。

「換成妳來教我游泳不行嗎？」

「本小姐也不會游泳啊！」

「那妳還敢講別人。」

「……還有村征跟國光好像也不會游泳喔。」

「……我們是來海邊幹嘛的？」

「…………」

「…………」

現場暫時陷入沉默。

……室內派軍團的旅行就是會這樣所以才麻煩……

「就、就算不會游泳，也還有很多種享受南方島嶼的方式！來吧！征宗！重新打起精神——

為了取材，開始打情罵俏吧！這是為了取材！」

「不、不能讓妳得逞！」

妖精的台詞，被銳利的話語截斷。

「！」

我嚇了一跳，轉頭往聲音來源看去。另一邊的妖精，則似乎已經預測到這個狀況。

「哎呀，比預料中來得早呢。」

出現在那裡的——

「山田妖精……妳這充滿邪念的計畫，就到此為止了！」

是村征學姊，她穿著比妖精更加情色的比基尼。

不，款式跟裸露程度其實跟妖精的沒什麼差別——但光是穿的人身材比較豐滿，沒想到給人的感覺就會有如此的差異。村征學姊她的身體好像剛游過泳一樣滴著水滴，這也讓人覺得更加煽情。

……這個人，原來是穿上衣服後會明顯瘦的類型。

「學、學姊，妳怎麼這身裝扮……」

「哇啊……哇啊啊啊……！」

村征學姊因為太過羞恥，發出好像隨時會死掉的聲音。

我完全無法掌握現在是什麼狀況。

「明明那麼厭惡……沒、沒想到竟然真的穿上這麼色的泳裝……」

學姊她，其實是個很色的人啊。

本來以為是個清純的女性……但居然跟妖精是同類……

「不、不是的！征宗學弟你聽我解釋！這有很深刻的理由……！」

她在原地蹲下，把身體遮掩起來。即使如此，我的眼睛還是緊緊盯著那白皙的肌膚，暫時無法移開。

「……理由是？」

「是、是那傢伙！那傢伙就是災厄的元凶！」

學姊保持著蹲姿，用手指著妖精。

「喂，妳到底幹了什麼好事？」

「只是趁村征去淋浴時，把她的行李全部藏起來，取而代之地把色色的泳裝擺在更衣室而已啊。」

根本就是惡魔的手段。

「就、就連浴巾都被藏起來了……！居、居然穿這種泳裝……走出室外……嗚、嗚嗚～」

學姊怕羞的程度可是不輸給紗霧，會穿上色色的泳裝出現在我們面前，肯定是經過一番掙扎吧。

雖然很可惜，但是一直盯著她看也很可憐。我把視線從學姊身上移開。

「事情經過我明白了。可是話說回來，為什麼妖精要做這種事？」

「她是想爭取時間！拖住我們的腳步後，在這段期間要把征宗學弟給……！」

「要把我給……？」

雖然我出聲回應，但卻沒辦法聽到這句話的後續。

因為妖精像是要打斷村征學姊的台詞般，開口這麼說：

「哎呀哎呀？小村征妳啊，講這種話沒問題嗎～～？」

「什、什麼……？」

學姊因此顫抖了一下。妖精露出不懷好意的奸笑。

「妳之所以會參加這場集訓的理由——本小姐現在『全部』講出來也沒關係嗎？」

「嗚……唔……真卑鄙……」

學姊很不甘心地咬牙切齒。

總覺得從這情況看來，學姊之所以會參加集訓是有明確的理由存在，而且似乎不想讓我知道這個理由是什麼。

——村征所提出的條件，其中有些需要你的協助，可以吧？

跟妖精之前所講的話，有什麼關係嗎？

無論如何，也不能繼續把她這樣放著不管。

我從放在沙灘傘旁邊的行李中，拿出自己的連帽外套，遞給學姊。

並且盡量不要去看她的身體。

「學姊，這個……請妳拿去穿吧。」

「……抱、抱歉。」

披上外套後，村征學姊終於恢復鎮靜。

初次見面時，她雖然完全壓過了妖精，但在私底下卻徹底地被她玩弄。

等席德過來後，大家再一起去玩——我跟村征作出這結論後，拖著心不甘情不願的妖精回到別墅。在能夠眺望大海的海灘椅上坐下，單手拿著飲料度過優雅的片刻時光。

……像這種假日，還真是不錯呢。

當我獲得充分的滿足時，坐在右側椅子上的學姊，怯生生地對我說：

「……征宗學弟。」

「嗯？」

「我之所以……會來這個集訓的理由……」

咦？那不是不想讓我知道的事情嗎？

「是因為想看你——」她的話在這裡暫時中斷。「因為想看你的小說。」

「我的小說？」

當我反問時，結果不是村征學姊，而是坐在我左側的妖精回答：

「是啊。你的電腦裡，應該沉眠著許多你以前撰寫的『未公開小說』對吧？」

「那個嘛，嗯，是這樣沒錯。」

只要是作家，我想大家應該都是這樣吧。不管是被退稿，或者是因為其他各種理由而不見天日的作品，無論是誰都會有。

然後這些作品，也應該都會被珍貴地保存。

因為實在不忍心讓「自己的孩子」就這麼消失。

也許哪一天，會有讓某人閱讀的機會到來。

我也一樣。就算是被當成黑歷史從網路上刪除掉的作品，我也非常珍惜地保存起來。不過，這些倒是沒有打算讓任何人看就是。

「要說的話，是有很多很多沒錯。不管是《銀狼》系列被退稿的小說，或者是被腰斬的出道作品後續。」

「我想看！」

學姊猛烈地把臉龐靠過來。這反應就像是個天真無邪的小朋友拿到的禮物是最想要的遊戲一樣。

面對出現在眼前的乳溝，我臉紅心跳地把臉移開。

此時妖精開口說：

「和泉征宗的『未公開小說』——讓她閱讀那些作品，就是本小姐為了把村征叫來這場集訓約定的條件——征宗，這你可以答應吧？」

「可以啊。只不過，沒辦法『全部』都讓人閱讀就是。」

我這麼回答。

「如果是因故無法推出的『未公開小說』，希望她務必閱讀。不過，被退稿的原稿就不能給人看了。因為是被責任編輯講過『這東西不行。有夠無聊。完全不能拿來賣。』這種話的小說。」

「你的小說只要是我有看過的，全部都很有趣……所以，只要給我閱讀，我想就算是退稿小說也會很有趣。」

「唔……嗯……」

不好……開心到要露出笑容了。

「就、就、就算是這樣，不行就是不行！因為我會覺得很丟臉啊！」

「……是嗎……真可惜。」

她沮喪地低下頭。穿著色色泳裝又披著連帽外套，再露出這種表情，就會覺得要為她做些什麼才行。

除了妹妹以外，讓我有這種感覺的人，還是第一次遇到。

「『未公開小說』就用別墅的印表機印出來，之後再拿給妳。然後……」

我不禁開口這麼說：

「被退稿的原稿雖然不能給妳……不過如果現在開始寫新的作品也可以的話……」

「！」

學姊的反應非常激烈。她瞬間瞪大雙眼，雙手撐在沙灘椅上，非常猛烈地把臉靠過來。

「真的嗎！」

「是、是啊……」

在眼前晃動的乳溝，讓我產生激烈的動搖。

好不容易把視線移回學姊臉上。

「例、例如說，如果妳會想看《銀狼》系列的後日談故事的話，我應該可以馬上寫出來。」

「銀、《銀狼》的！後日談劇情！我想看！」

在超近距離下，她的眼神閃閃發光，並開心地笑著。

這是讓我很高興，也很心癢難搔的懷念感覺。

雖然沒有直接見過面——但「那個人」也是這種感覺呢。

「我知道了。那麼，我會在集訓期間完成後給妳。我會努力撰寫，所以敬請期待。」

「嗯！」

學姊率直地露出燦爛笑容。

平常那種冷靜沉著的氣質與語氣。以及現在這種有如小朋友般的笑容。

並非其中一邊才是她的本性，而是兩邊都是她所擁有的特質吧。

畢竟不是輕小說的女主角，人類的個性不可能輕易地做出分類。

會有各種面相，也是理所當然的。

「不過，真的可以嗎？雖然是我提起的……不過你也差不多要開始進行第二集的工作，所以會開始忙了吧。」

「沒關係啦，就是啊，我現在不是在寫戀愛喜劇嗎？那邊當然是最重要的沒錯，但是不偶爾寫些戰鬥小說的話，文筆可是會生疏的。」

「那、那會讓我很困擾……你的戰鬥小說，是我的生命之源啊。」

因為不習慣被稱讚，所以讓我感到非常害躁。

「總之，這完全不會造成我的負擔。所以不要在意。反而是如果妳能看得開心，那我也會很高興。」

實際說起來，我對《銀狼》系列的主要角色們，也不是不會感到尷尬。

因為明明之前才在最後一集與他們「道別」而已，現在就又跑回去見他們的話，感覺好像會被嘲笑。

不過呢。之前從村征學姊那聽到「想要擊潰我的真相」時——讓我產生這樣的想法。

作者無論何時都能透過寫作，來跟自己的角色見面，但讀者就不是如此了。讀者為了想見到自己最喜歡的角色，就非得再去閱讀書籍不可。

只要重新閱讀，隨時都能見面。

但是，當故事再度結束時，就會感到無比地寂寞。

雖然才剛相見，但內心卻又馬上被想再跟他們見面的心情所糾結。

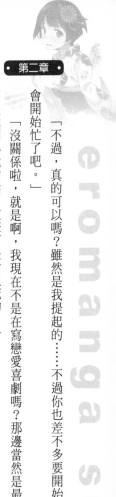

像是《聖劍鍛造師》或是《戰鬥司書系列》等，都會讓人每隔幾個月就會重新讀到最後一集，然後唉～的發出嘆息。雖然不是輕小說，但例如日常系的動畫也一樣。當重播或是藍光光碟看完最終回後的寂寥感可不是開玩笑的——越有趣的作品越會如此。

雖然不知道這樣解釋是否能傳達給大家知道……但「已經完結的作品」，對我來說就是像這樣的存在。

所以說，雖然其實不可以這麼做……但偶爾……稍微一兩次……跟最喜歡我小說的人一起偷偷地去跟「他們」見面，應該也沒關係吧。

我是這麼想的。

「好啦，既然決定了，該寫什麼樣的故事好呢？」

我在腦內開始摸索劇情發展，妖精像是看到十分逗趣的事物般對我說：

「征宗。總覺得你好像很開心？明明就沒辦法出版，也沒辦法讓眾多讀者看到，只是在做白工而已啊。」

「嘻嘻嘻，妳在說什麼啊，妖精。我出道之前都在哪裡幹些什麼事情——這難道我沒說過嗎？」

「？啊啊，原來如此。」

妖精點頭稱是。

「原本你就是個在網路上把寫小說當興趣的人嘛。所以做白工這種事——你最喜歡了。」

「沒錯！我最喜歡做白工了！」

如果雙親沒有過世，按照原本的預定，我會在高中畢業的同時結束作家這項工作——不過即使這樣，我還是會繼續撰寫小說吧。

不是當成賺錢的工作，而只是個興趣——每天撰寫小說，讓某人閱讀，應該會過著愉快的每一天才是。

當然，借用編輯以及插畫家的力量，創作出超越自己實力以上的作品，將它送到眾多讀者手上這種「為工作而寫的小說」我也很喜歡。

但沒有任何規則，只靠自己個人的力量，可以隨心所欲自由發揮的「當成興趣寫的小說」也別有一番樂趣。

有趣到讓我覺得還沒寫過「屬於自己的故事」的人，實在太可憐了。

「這次，我的讀者只有一個人，就只有村征學姊而已。」

我豎起手指用力地朝學姊的臉指去。

然後露出能看見雪白牙齒的笑容——

「機會難得，所以就讓我來寫個絕對不能當商品賣的『超有趣的無聊作品』出來吧！」

「……………嗯……」

這麼回答的村征學姊，她的臉應該是因為被太陽曝曬的關係吧——有如夢幻般地火紅。

之後，晚到的席德（跟妖精有著奇妙的眼神交流。真是充滿謎團。）也加入我們，於是大家一起去遊玩。

遵從妖精稱為「取材」的「主題」。我們在海灘上玩起沙灘排球、破西瓜，還吃了妖精準備的堆滿了南國水果的刨冰。

雖然村征學姊馬上開始在腦內執筆，好幾次途中脫離我們，但不管怎麼說還是度過一段愉快的時光。證據就是，不知不覺間天空已經染上一整片晚霞的紅暈。

大家在回到別墅的途中，妖精精神奕奕地說：

「啊，好好玩喔！還流了一身汗！回去就來洗澡吧！呼呵呵～別墅裡有可以觀賞大海的露天浴池喔！村征，一起去洗吧！」

「我在房間的浴室洗就好。因為想快點開始寫小說。」

「咦！一起去洗澡然後來聊些女孩子的私密話題嘛！這也算是取材之一啊！」

「我拒絕……一起去洗澡的話……不知道妳會做出什麼事情來。」

「不會不會！只是稍微摸一下而已！真的就只是一下下而已！好嘛？好吧？」

「不、不要用那麼猥褻的說法……」

妖精緊緊抱住村征學姊的肩膀，全力說服她。

露天浴池啊……眺望著夕陽消失在海平線的景觀，同時讓身體泡在溫泉裡……接著從女性澡堂裡，微微傳來女性們討論私密話題的聲音……

糟糕……我好像超期待的。

「征、征宗學弟！你在想些什麼下流的事情對吧！」

「啊！征宗！話先說在前頭，想偷看本小姐們洗澡也只是白費力氣而已！為了防止偷窺，這裡設置了隨便爬上去就會發出啪嘰聲的柵欄！雖然只要小心攀爬就沒問題，但你絕對不能來偷窺喔！」

因為這樣——我回到房間後，急忙做好準備前往露天浴池。如果太過拖拖拉拉的話，女性成員們就要洗完澡了。

席德則說他要打電話給編輯部討論工作的事情，所以我一個人前去。

要去海邊時也是，還有現在這時候……總覺得好像都在找藉口。

難道說，是不想跟我一起進浴池嗎？

「……我的同性戀疑雲，也許還沒完全消除。」

雖然我實在不敢去確認。

穿過男澡堂的門簾，來到更衣室。我把衣服脫下，打開通往浴池的門。

沐浴區跟露天浴池是分開的。所以要先在室內把身體洗乾淨，接著再泡入浴池裡吧。我迅速地洗淨身體後，走向期待已久的露天浴池。

「……喔喔。」

白色的霧氣縹緲升起。

浴池以柵欄跟女澡堂區隔開來，一泡進浴池裡，就剛好是能俯瞰大海的角度。

逐漸沒入海面的夕陽，真是十分美麗。看來等夕陽完全西下時，可以期待一下漂亮的夜景。

本來我是為了非常符合男孩子慾望的理由才急忙來到露天澡堂，但看到這個令人陶醉的風景，那種俗世的煩惱也都被吹跑。馬上就泡進浴池裡了。

啪唰。

「呼……這溫泉真舒服……」

打從身體中心開始暖和起來。這正是感到身為日本人真是太好了的瞬間。

跟朋友一起旅行，除了學校活動以外這還是第一次，所以讓我非常興奮。

嗯，很開心。能來真是太好了。

紗霧如果也能一起來就更棒了……

啊，這不是想要一起洗澡的意思喔！真的喔！

……妖精或是村征學姊現在也正泡在浴池裡，享受著幸福的一刻吧。能不能聽到她們的說話聲呢？我稍微往女澡堂的方向靠過去。

就在此時──

「……嗯？有誰……在那邊？」

在霧氣之中，冒出一個人影。

咦？難、難道說！難道說難道說難道說難道說！

妖精跟村征學姊，不小心走進男澡堂──！

──這種老套的發展當然沒有發生，從霧氣中出現的，是全裸的克里斯先生。

「……………！」

山田克里斯──妖精的哥哥，同時也是編輯。

他半個身體泡在浴池裡，無言地向我點頭致意。

跟妹妹一樣雪白的肌膚。細瘦卻很結實的身軀。脖子與鎖骨附近的線條，甚至可以令人覺得很性感──呃，我到底想幹嘛，居然開始描寫起男人的裸體……

「那、那個，就是……」

我想不出該說些什麼，結果還是普通地打招呼。

「你、你好……真巧呢。」

「嗯。」

「…………………」

「…………………………」

怎、怎麼辦！好尷尬啊！

跟外表看來很冷酷的克里斯先生本來就很難聊了……更何況剛剛才被目擊到非常糟糕的場景……

「…………」

雖然我現在正與克里斯先生並肩泡在浴池裡……

嗯？並肩？

「等……」

這、這個人怎麼了，他朝我靠過來了嗎……？這會讓我很緊張耶……

「……………」

看到他靠過來，原本以為他是有話要跟我說，結果完全沒有開口。

克里斯先生只是默默地在我身旁泡澡，並且眺望落日。

帶有憂愁的側臉，實在無比帥氣。完全就像是電影裡的鏡頭。

不過，金髮碧眼的美青年，在南方島嶼的露天浴池裡泡澡，這是哪門子電影啊？

可是——我現在想到的是……

當一個哥哥，目擊到自己的妹妹裸著上半身要求黏液PLAY的場面時，到底會有什麼樣的想法呢。

如果是我站在相反立場，那個男的早就粉身碎骨了吧。

……所以究竟……

「你跟我妹妹————好像很要好的樣子。」

「不、不是的……那個……」

怎麼辦？該怎麼回答才好？

回答範例①

『我跟令妹，其實也沒很要好喔。』

『沒很要好卻跟我妹玩黏液PLAY？看來你似乎想成為我的弓下亡魂。』

不行……會被殺掉。

回答範例②

『嗯，是啊。我跟令妹感情算很不錯喔。』

『就算如此也不能允許黏液PLAY。看來你似乎想成為我的弓下亡魂。』

不行……不管是哪個答案，都會成為大哥的弓下亡魂……！

因為他一直看著我，所以我對克里斯先生的印象，目前就是這種感覺。

「…………哎，我想關係……算是不壞吧。」

陷入進退兩難的我，只能拚命地選擇用字遣詞——

克里斯先生以銳利的眼神注視著我的眼睛，接著用奇特的語氣這麼說：

「只要能好好負起責任的話，就沒關係。」

「咦？」

什麼？這個人剛才是不是好像說了啥令人不安的話？

「那個……你剛剛……說了什麼？」

「和泉老師——不，和泉正宗——」

他迅速地將手搭到我的雙肩上。

「咦？請、請問……？」

然後用他那低沉又帥氣的聲音說出——

「結婚吧。」

求婚的台詞，響徹在露天浴池裡。

「…………」

事情實在太過突然，讓我啞口無言地在原地凍結。再也無法進行任何思考……

喀咚，有個臉盆掉在地板上的聲音響起。

我勉強把頭轉過去，往發出聲響的沐浴區看去，只見把浴巾圍在腰上的席德，因為過度恐懼而使得臉部抽搐。

「失、失禮了！」

砰噹！噠噠噠噠噠噠！席德飛奔似地逃走。

「……………………啊！」

不好，他看到我被男人求婚的場面了。

嗚哇哇啊，同性戀疑雲再度燃起了。

不，不對不對！現在不是思考那個的時候了！

席德的誤解雖然也很糟糕，但眼前這個同性戀妖精更可怕啊！

「……請、請問……」

雖然很想全力逃跑，但在那之前，我戰戰兢兢地嘗試做出最終確認。依照回答可能就得揮出上鉤拳。萬一逃走失敗也不能放棄，必須死守貞操直到最後一刻。

「……剛才那句話……是……」

克里斯先生以認真的眼神，重複一次剛才的台詞。

「結婚吧——跟我妹妹。」

「是妹妹嗎！」

早點說嘛！真的……早點這麼說嘛！啊啊——嚇我一大跳。還以為要死了。

本來還以為會被怎麼樣，真的讓我嚇到失魂落魄……

「是跟我妹妹啊。不然你以為是跟誰？」

「沒事，別在意。比起這個，你要我跟妖精結、結結結、結婚……」

「跟我妹妹結婚吧」——這也是個非比尋常的爆炸性發言。

克里斯先生把手從我肩膀放開，這麼回答：

「當然，這不是要你們馬上就結婚。你跟我妹妹都還沒到達適婚年齡。不過，我們家也有些狀況。所以如果你們兩人心意已定的話，就算只有訂婚也可以盡早——」

「不不不不！這是誤會啊！我跟那傢伙不是這種關係啊！」

就算變成弓下亡魂也無所謂！只有這個誤會不能放著不管！

「唔……其實你跟我妹妹並沒有在交往，是嗎？」

「當然沒有！為什麼會有這種誤會啊！」

「因為我妹妹在推特上寫說『跟和泉征宗正在交往』——」

「啊啊啊啊啊！」

擔心已久的事情終於……！

從之前就一直覺得，那個推特留言實在太過糟糕了啊！

「那個該說是惡質的玩笑，還是說都是胡說八道，總之不是那麼一回事啊！」

「……是嗎……唉……嗯，我也微微覺得到大概會是這種情況。」

克里斯先生露出遺憾的表情嘆氣。

呼……看來他能夠理解。

「可是——這樣子的話……不……是嗎……原來如此。」

克里斯先生彷彿在思索什麼，他把手指頂在下顎，並皺著眉頭。

「怎、怎麼了嗎？」

「原來如此」是什麼意思？請不要那樣好像在暗示什麼好嗎？

「既然你跟我妹妹沒有在交往的話，就不能由我來說明。總之是誤會一場，真抱歉。」

「不，沒關係。這也不是克里斯先生的錯啊。」

「謝謝。你跟我妹妹形容的真是一模一樣呢。」

「咦？」

「不過話說回來，你覺得如何呢？」

克里斯先生露出惡作劇般的微笑。

「雖然由我來說也很奇怪，不過我覺得我妹妹她條件很不錯喔。」

「呃，啥？」

這個人突然在講什麼啊。

不過也沒辦法說他妹控發作。因為這也是事實。

「的確如此。」

「喔，你也這麼想嗎？」

「是的。」

啪嘰……從女澡堂那邊傳來奇怪的聲音。

「年收入很高，外表也超可愛——」

啪嘰，啪嘰啪嘰……

「很愛乾淨，親手做的料理也很美味，光是跟她在一起就很開心——我想將來她會是個好太太。」

啪嘰！啪嘰！啪嘰！

「沒錯吧，我說的沒錯吧。」

克里斯先生露出無比開心的笑容，跟妖精真的很相似。

「別看她那副德行，我想她應該是個會對喜歡上的人非常專情的類型。次文化知識也很豐富，跟你似乎非常興趣相投。樂器、外國語文以及其他各式各樣技能，可說是個多才多藝的才女。跟新娘修行有關的項目，也幾乎都非常熟練——這部分是家裡的教育方針。」

好強。把這些都列出來一看，妖精的帳面規格可真不是蓋的。

此時他裝模作樣地豎起手指。

「所以問你個問題。你對我家妹妹的哪些地方不滿？」

……為什麼講到好像是我把妖精甩掉了一樣啊？我不就說是誤會了嗎？

「那個……硬要說的話。」

「硬要說的話？」

「就是所有你剛才刻意不提的部分。」

「噗哈哈，你很清楚嘛。」

哈哈哈，克里斯先生捧腹大笑。看來這完全戳到他的笑點。

「完全正確。我家妹妹的缺點多到可以讓她眾多優點全部白費掉。絕對不會遵守截稿日期，態度又很高傲，也很會亂花錢，還罹患了『實力兼備的中二病』這種惡質的絕症，然後最糟的就是她還很笨。」

「真的很笨呢。」

啪嘰！……從剛才開始就吵死人了。這聲音到底是什麼啊？

冷酷的氣質，從邊講妹妹壞話邊放聲大笑的克里斯先生身上消失。

他就像個「人很好的大哥」，給我一種打成一片的感覺。

「不過……」

此時我對克里斯大哥提出反駁。因為朋友被講成這樣，讓我有點小小不爽。

「或許該這麼說，對那傢伙而言缺點跟優點是表裡一體……笨笨的地方也很可愛，當她講出那些中二病的痛台詞時，偶爾也會讓人覺得很帥氣，雖然也曾經對工作態度的看法產生對立……不過也會讓我覺得，說不定她說的才對。之前撰寫新作時也不斷地受到她照顧……那個，該怎麼說呢，雖然我不太會形容……但妖精她是個可以把眾多缺點全部抵消掉的厲害傢伙。是個很有魅力的女性。也是個值得信賴的前輩。我想正因為如此，所以自己現在才能夠在這裡。」

「……………………」

妖精她哥哥，一臉驚訝地看著我。

「如果我沒有喜歡的人——我想自己已經喜歡上她五次左右了吧。」

像是那個時候，還有那個時候，那個時候也是，以及那個時候，那個時候更是——

讓我感到不妙的瞬間，還真是不少。

而這些都不是感到「可愛」而是覺得「帥氣」的時候。

山田妖精是個會讓和泉征宗不小心就喜歡上的——帥氣傢伙。

「……是嗎，我完全理解了。」

克里斯先生深深嘆口氣。

「我完全……理解了。」

然後再次重複著相同的台詞。

從澡堂出來時，剛好碰到從女澡堂出來的妖精。

妖精穿著單薄的浴衣，全身還冒著溫暖的熱氣。

剛洗好澡的女孩子，為什麼會這麼煽情呢——咦，奇怪？

「妳……」

「什、什、什麼？」

「妳臉好紅喔，是在露天浴池泡暈頭了嗎？」

「囉、囉囉囉、囉唆啦！笨蛋！」

妖精有如沸騰的茶壺般對我怒吼，接著把頭一轉就跑走了。

……？到底是怎麼了……

這天晚上。

「……接下來啊，大家一起吃了妖精親手做的料理。」

「好吃嗎？」

「嗯，很好吃喔。雖然不知道能不能重現出相同的味道，但回家以後，我也來試做看看。」

我正在房間裡跟紗霧以Skype通訊。

眼前這台擺在桌上的筆電裡，顯示出妹妹沒有帶著面具的臉龐。

房間裡沒有其他人。只有我跟紗霧兩人獨處。

「啊，對了，結果之後還是沒能解開席德的誤會──雖然克里斯先生也一起幫我解釋了……但還是分別在不同房間就寢。」

「嗯嗯。」

紗霧帶著溫柔的笑容聽我說話。

……總覺得，這氣氛好像比面對面交談時還要好？

「有好好取材嗎？」

「該怎麼說呢……南方島嶼就是這種感覺吧，大家一起玩得很開心，還有那時候聊的一些白痴話題──像這種部分的話，倒是很多。」

「這樣啊。那麼，有去旅行真是太好了呢。」

「……嗯嗯，今天玩得很愉快喔。都是多虧妳說了『路上小心』送我出門。」

雖然瞬間有迷惘了一下，但我想還是老實回答比較好。

看來這似乎是正確答案，紗霧的笑容變得更加燦爛。

我也笑著回答：

「希望有一天，我們也能一起去個溫泉旅行呢。」

「不要。」

「為、為什麼？」

「因為，哥哥你現在，一定在想些很色的事情。」

「我才沒有在想～～～！」

透過機械，我們說著……跟平常一樣的兄妹間對話。

對我而言，這是今天最棒的回憶。

「比、比起這些，我才要問妳那邊沒問題嗎？飯有照三餐好好吃嗎？沒有感冒吧？要洗的衣服妳可以不用自己洗也無所謂。吃完的餐具碗盤擺在水槽裡就好……還有，我想想——」

「……你擔心過頭啦。我不是說，沒問題了嗎？」

「說是說了……但會擔心的事情就是會擔心嘛。而且也不是能馬上回去的距離……渡輪好像要到後天早上才會來的樣子。」

「哦……總覺得跟《金田一少年之事件簿》好像。」

「我猜是她刻意這麼安排的，還向我們炫耀說這樣很像推理小說的舞台。」

「如果那些成員裡發生殺人事件的話，第一個被殺死的就是小妖精，然後犯人我猜就是那個有點像精神病患的人。」

「妳是說村征學姊吧！不要用那麼失禮的稱呼啦！」

雖然馬上就聽懂的我也滿失禮的。

那個人的確有種似乎可能犯下讓屍體穿上和服的殺人事件，然後還給自己取個帥氣怪人名稱的感覺。像是「煉獄的殺戮人偶」這樣的稱呼。

「……總之，今天就是種感覺喔。」

「嗯，我明白了。」

紗霧點點頭，接著忸忸怩怩地露出害羞的動作。

「這個……就是……哥哥。其實，我這邊也……發生不少事情。」

「嗯？」

「你看——這個。」

「這是……喔喔！」

紗霧滿臉通紅拿給我看的，是我的新作《世界上最可愛的妹妹》裡登場的第一女主角——妹妹的插畫。

「難道說，這是封面插畫！」

「嗯……沒錯。雖然還沒上色。但今天把這張畫出來了。」

「好厲害！超級可愛的耶！」

這張圖可愛到如果有人問我，這跟你妹妹哪邊比較可愛？可以讓我猶豫個五秒左右吧。

「嘿嘿……等你回來以後，就給你看完成版。」

「所以……你一定要回來喔。」

「那當然。」

只有這項約定，就算死也要守住。

「紗霧……妳有什麼想要的伴手禮嗎？」

「這個……嘛……有點難以啟齒……」

紗霧紅著臉頰，忸怩地繞著手指。

「妳太見外了！我們是兄妹吧！如果有想要的禮物，無論是什麼都盡管開口！來吧！」

「小妖精的褲襪。」

「回去我們開一場家庭會議談一下。」

就這樣。

我們集訓的第一天進入深夜。

房間的門被敲響，是在差不多快要進入隔天的時候。

正在書桌上撰寫小說的我把門打開，只見換好衣服的妖精站在門外。是跟早上不同款式的黃綠色夏季服裝。

「喔，是妖精啊。」

「嗯……征宗……那個啊……你現在……有空嗎？」

我立刻覺得她有點怪怪的。如果是平常的妖精，就會直視著我的眼睛，然後滔滔不絕地開始說話才對。

「要說有空是有空啦……不過這麼晚了，有什麼事嗎？」

「……可以……陪本小姐一下嗎？」

「好啊。」

奇怪？……怎麼突然覺得她充滿煽情感。現在又不是剛洗好澡的時候……

我抱著許多不協調感離開房間，跟妖精一起走在別墅的走廊上。

「不過剛好……正好有件事想說如果遇到妳就問一下。」

「咦？有、有、有事……想問本小姐？什、什麼事啊……」

妖精非常地驚慌失措。

我有說什麼會讓她這麼慌張的事情嗎？

「妳平常老是在穿的那種褲襪，是在哪邊買的？」

「…………有夠差勁。」

妖精以冷漠的眼神看著我。

「不是，我沒有要買來自己穿喔。」

「那種事本小姐很清楚啦！不是這件事！是說你為什麼要在這時候講出這種……唉……也罷。託你的福，本小姐腦袋瓜也變清醒了，所以就算了。」

正當我在想是怎麼回事時，已經來到別墅的玄關。

看來似乎是要外出。

「我們要去那裡？」

「別問那麼多，跟本小姐來吧。」

她快步地往外走去。看來心情似乎不是很好。

我跟在妖精後頭。

從玄關出去，繞了別墅一圈，進入通往森林的小徑。

「喂，妖精。往這邊走下去的話──」

「是『妖精之森』喔。」

妖精頭也不回地說著。

「你有讀過本小姐的出道作品吧。作品裡登場的『妖精之森』原型，就在那裡。」

「喔喔……」

美麗的妖精們居住的茂密森林。由人類與魔物無法靠近的結界保護的聖域。

洋溢著生命的神木大樹。在枝葉間灑落的陽光映照下，眾多花朵旺盛地綻開。還有許多精靈聚集的光之泉。

在她筆下描繪出來的「妖精之森」，彷彿像是「親眼所見」一樣逼真。

——因為真的是「依照實景寫出來」的。

我們所行走的小徑，為了不損壞這股幻想般的氣氛，到處都很自然地設置仿造成樹木形狀的電燈，就算在夜晚也不會影響步行。

最後我們來到森林裡，而小徑持續延伸到裡頭。

「這邊喔。」

妖精在森林的入口停下腳步，轉頭朝向這邊。

「差不多該告訴我了吧。來這森林裡要幹嘛？」

「本小姐有東西想給你看。」

只說了這句話，妖精就再度背向我，走進森林裡頭。

……因為她的容貌實在很像森林裡的妖精，所以讓我產生真的迷失在異世界之中的錯覺。不過怎麼可能呢……我搖搖頭，把不可能發生的妄想甩開。

為了不要跟丟妖精的背影，我再次踏出腳步，追在她後頭。

接著──

「────」

當我踏進森林之後，立刻停下腳步。

越來越深沉的黑暗之中，浮現出微弱的光芒。

光芒一個個輕飄飄地──逐漸增加。

由於剛才為止都還在講妖精的小說，所以「光之精靈」這個詞立刻浮現在我腦海裡。

「光之精靈」的真面目是──

「是螢火蟲。」

轉頭朝向發出聲音的方向，就看到妖精的手指頭有如魔法般發出光芒。

「往更裡頭走的話，就可以看到連螢火蟲觀賞旅行都比不上的情景喔。」

「喔喔……」

我緩緩地環視周圍。

四處飛舞的光芒軌跡，是邀請我們的森林的意志──這是某人氣小說的段落。

回想起這個句子的同時，我們繼續朝著夜晚的森林深處前進。

最後小徑終於來到盡頭，森林變得開闊。腳底下有踩在草上的觸感，視線前方突然變得清晰，「光之泉」也出現在我們面前。

「────」

無數的光點飛舞而上。發出閃爍的光芒，倒映在夜晚的水面上。

精靈誕生的始源之地。誤入的迷途異邦人與正在戲水的妖精相遇。

異世界的戀愛故事。

她筆下所描寫的那個場所，我閱讀過的那段劇情，就這麼活生生地出現在這裡。

「哇喔……這個……」

我無法言語只能睜大眼睛看著，她以有如舞蹈般的步伐繞到我面前。

「如何？踏入妖精之森的感想是？」

這也是她筆下女主角的台詞。

「太美了。」我無法以其他言語形容。「真的太美了。」

「是嗎，太好了。」

妖精露出柔和的微笑。那個表情十分地高貴與成熟。

「這裡嚴禁拍照喔。用你的眼睛看著，然後熟記在腦海裡吧。」

「……嗯。」

真是太可惜了。如果我能有點繪畫天分的話，就能把這個美麗情景其中幾成傳達給其他人了吧。我沉浸在純粹的感動之中，站在泉邊無法移動腳步。

「謝謝妳。」感謝的話語自然地流露。

「不客氣。」

我們兩人並肩站著，看著這美麗的光景。

「這裡——啊。是本小姐的父親大人……不對，是爸爸向喜歡的人——也就是本小姐的媽媽求婚的地點。」

「喔……還真是個浪漫的人呢。」

「不過他求婚失敗了。」

「咦？為什麼？」

以求婚而言，我想這應該是最棒的情境了。

「本小姐的媽媽討厭蟲子啊。」

……哎呀。

「『竟然在這種到處都是蟲子的地方求婚，真是差勁透頂！』，他被這樣殘酷地拒絕了。」

這點喜好方面的事情要先調查清楚啦，真想這樣對妖精爸爸吐嘈。

「不過，既然有了妳的話，就代表他們之後還是結婚了吧。」

「聽說是持續朝貢了五年左右的寶石、衣服、遊艇之類，最後拚死地苦苦哀求才總算能夠結婚。母親大人——不對，媽媽似乎是個非常受歡迎的人，所以他用錢收買了眾多的競爭對手，想炒熱約會時的氣氛就偷偷雇用臨時演員，為了在打網球時展現帥氣的一面，就花錢請比賽對手打假球，真的是非常辛苦，爸爸以前很常拿這段經過出來炫耀喔。」

妖精爸爸也太拚命了吧……

而且我覺得完全沒啥好炫耀的吧，還有不要跟女兒講這種事情啦。

不過——

「我也許稍微能理解這種心情。」

「你嗎？」

「為了讓心上人能喜歡上自己，真的會變得那麼拚命喔。因為無論如何都不會想讓給別人嘛。」

根本沒有耍帥的餘地。

該用的手段就要全部用上，面子什麼的去吃屎吧。我也一定是這樣。

「是啊。」

妖精露出平常那高傲的笑容說：

「本小姐也是這麼想的。爸爸的做法，雖然非常難看——但是卻十分正確。」

接著，稍微停頓一下之後。

「為什麼，要把這些事情……告訴我？」

「哥哥大人……不、不對，哥、哥哥他……好像對你……說了些奇怪的話吧。」

妖精微微地轉向另一邊，並且臉紅地把頭低下。

「妳那種像個大小姐的說話方式，不用勉強糾正也沒關係喔。」

「本、本小姐才沒有勉強。比起這個……！」

「啊、啊啊……奇怪的話——嗎？說起來，他是有對我講……」

真、真難以啟齒。

「就、就是『跟我妹妹結婚吧』什麼的。」

「是、是嗎？能、能讓本小姐……說明一下嗎？那、那個是因為——這個……該、該從何講起才好。」

看起來手足無措的妖精思考一陣子後，開始這麼說：

「本小姐的爸爸，很久之前就過世了。」

也許是刻意的，她以輕描淡寫的語氣說著。

「……是……這樣子啊。」

「嗯，然後他在過世之前，對母親大人這麼講。還真的是講了些多餘的話呢——『請把孩子們養育成優秀的人物』、『請讓他們獲得幸福』這些。」

「…………………」

……無論是何處都一樣。這麼一來……

「本小姐記得很清楚。母親大人是這麼說的——『好啊。至少在最後，我來完成你的願望吧。』」

——是不可能……不去完成吧。

「原本她就是個對自己還有對他人非常嚴格的人，從那天之後就更是變本加厲。硬要本小姐學習各種技藝。『這是為了讓妳將來能夠獲得幸福』——這句話變成了母親大人的口頭禪。哥哥也一樣，把麻煩事全部都推給妹妹，早早就離開家裡，這麼一來，本小姐得學習的『技藝』也就越來越多——不過也因為這樣，所以哥哥覺得很對不起本小姐呢。」

雖然都不肯延後截稿日——妖精以諷刺的笑容說著。

「事情就是這樣。那個，就這樣本小姐接受母親大人嚴格的教育。我也沒有因而感到怨恨，反而還很感謝她。本小姐最喜歡自己的雙親了。為了讓母親大人能夠開心，也為了完成父親大人的願望，本小姐總是認為自己一定要變得更優秀，並且獲得幸福才行。」

「但是，結婚對象必須自己決定才行。」

進入主題了。

「媽媽說出要幫本小姐決定『未婚夫』。雖然本小姐一直很聽她的話，但只有這件事不行。因為本小姐絕對得要獲得幸福才行。為了獲得幸福所需要的伴侶，必須以自己的雙眼看清楚再來決定。」

這麼說來，妖精似乎是自己一個人住。

「所以就——離家出走？」

「才不是離家出走。本小姐可是有好好把話說清楚，得到理解後才離開家裡。不然的話，就不可能使用別墅什麼的啦。」

嗯……意思就是，有說服母親了吧。不過事情的全貌還是無法釐清。

畢竟她現在居住的那棟房子，是為了在東京工作所買下的……跟這次所講的還是分開來看待會比較好。

說起來，剛才講的內容偷偷把「妖精成為小說家的過程」抽掉了。真的就只揭開了最低限度的部分而已。

「把話說清楚是……？妳說了些什麼？」

「那個，記得是……」

『母親大人您也真傻！為了要在將來獲得幸福，不管是今天、明天或是後天，都必須快樂地度過每一天才行啊！看看每天都在努力學習的本小姐！除了愉快的事情以外，其他全都忘光了！母親大人跟父親大人在一起，應該每天都過得很快樂吧。所以才能變得那麼幸福吧。為了獲得幸福，本小姐也要跟父親大人一樣——本小姐會自己抓住一個超棒的夫婿，度過愉快的一生！有什麼意見嗎？』

「……就是這種感覺吧。」

「……原來如此。」

連接起來了。也就是說，克里斯大哥知道這件事，所以才會對誤以為是妹妹交往對象的我說出那些話……是這樣嗎？

……不過克里斯先生對我的好感度突然那麼高的理由，還真是搞不懂呢。

「本小姐的情況——大致上能夠理解了嗎？」

「嗯，到剛才為止的部分，我想大概都懂了。」

現在妖精為我解說了克里斯先生對我說那些「奇怪的話」的理由。

想必是不希望我產生奇怪的誤會。

不然只是這樣的話，只要在房間裡解釋就夠了。可是妖精卻還特地帶著我，來到這個對她而言非常特別的場所來。

讓我看這個她的雙親當初求婚的場所——充滿了幻想的妖精之森。

「謝謝妳啊，在各方面上。」

既能一飽眼福。也是趟很棒的取材。

然後……感覺跟可愛的鄰居，變得比以前更加要好了。

「我很開心喔。」

「哎呀，不要擅自做出總結。本小姐的話可是還有後續喔。」

「後續？」

「沒錯……呃……」

妖精的臉龐，再次染上紅暈。

「那……本小姐要說嘍，本小姐只講這一次而已，要仔細聽好喔。」

「嗯、嗯嗯。」

怎麼？這股氣氛是怎麼回事？這種心臟彷彿被掐住的預感……

我有印象……就在最近而已……就是……

雖然正為此苦惱，但視線卻無法從那對直視著我的眼睛上移開。

妖精直截了當地說：

「因為你是的我夫婿候補。」

「……咦……呃。妳、妳妳妳、妳這是！」

「不、不要搞錯了喔！本小姐可沒有喜歡上像你這樣的人！只是說……就是，對了——就是那個啦！如果跟你結婚的話，感覺每天都會很快樂，也覺得能夠獲得幸福，就只是這麼想而已！」

這、這傢伙！怎麼有辦法講出這麼讓人害羞的台詞！

「也、也也、也就是說……我現在，被妳……求、求婚了……是嗎？」

妖精連那尖尖的耳朵前端都通紅地大喊：

「才、才不是！與、與其說是求婚！本、本、本小姐只是告訴你，你有成為本小姐夫婿的素質而已！像你這樣的人！就只是候補而已喔！」

「候、候補？」

「沒錯！是候補喔！而且不是本小姐對你，是你要對本小姐求婚！」

啪！她拍著自己單薄的胸膛，接著直指著我。

「這樣的話，本小姐就會積極地檢討看看！」

「要我向妳求婚，這……我、我可不會喔。因為我——」

因為我有喜歡的人。

「不，你會的。」

妖精以自傲的笑容斷言。雙手也交叉擺到胸前。

「因為你會喜歡上本小姐。」

但她突然緊閉嘴巴，連嘴唇也在發抖，表情一口氣變得毫無餘裕。

「不、不久的將來……你最喜歡的將不是其他人，而是本小姐……」

一個想讓自己顯得充滿自信又帥氣——逞強的少女就在我眼前。

「……………」

明明不是被女孩子求婚。

也不是被妖精做出愛的告白。

可是我的腦袋卻滾燙到沸騰。

雖然理性上很清楚兩者並不相同，但內心情感卻跟「被告白」一樣地波濤洶湧。

「快、快點……說些什麼啊。」

「──那個……」

「果、果然還是算了！」

她伸出單手不停地揮舞。

「回、回去吧。今、今天就先這樣放你一馬！」

幻想般的光芒，在泉水上躍動。腳上踩踏著土壤與青草的感觸，周圍是幽靜的蟲鳴聲。

還有胸口持續鼓譟的心跳。

妖精有如逃跑般轉頭就走，前進幾步後又回頭。

「正宗，特別在這裡告訴你本小姐的真名。」

她的呼吸紊亂，臉頰也紅通通，就只有表情依舊毫無懼色地說──

「艾蜜莉。當你要對本小姐求婚時，就呼喚這個名字吧。」

當她報上名字時，真的就像個妖精公主。

第三章

集訓第二天。現在是快要天亮的時間。

窗外的天空已經漸漸泛白。

我坐在房間的書桌上打開筆電，埋首於執筆作業之中。現在所寫的，是昨天約好要「寫給」村征學姊的小說。

讓我補充說明一下，「和泉征宗的未公開小說」都已經拿給村征學姊——現在我撰寫的，是《轉生銀狼》的全新後日談故事。

我從妖精之森回來之後，就不停地寫小說。

集訓所產生的疲勞當然還殘留著，但體驗各種活動後讓我變得非常清醒，再加上又想出超想寫出來的劇情，所以無論如何都睡不著覺。

「好啊啊啊！完成啦！」

就像沉迷於超有趣的遊戲時，或是開始閱讀讓人非常在意後續發展的書籍時——不知道大家是否曾經覺得這時跑去睡覺就太浪費時間了呢？即使知道明天還得去上學或是工作，也很清楚這樣之後會很痛苦，但還是覺得再一下就好……只要看到一個段落就好，只要能打倒下一個頭目的話……然後不知不覺就整晚沒睡了，我想這種情況應該任何人都有經歷過才對。

現在的我，就是這種感覺。

一口氣把短篇寫到最後。

回過神來，已經是這個時間了。

「這下子……如果現在才睡，肯定會起不來吧。」

我啟動向克里斯先生借來的印表機，把剛寫完的小說影印出來。

將印刷出來的Ａ４紙整理好後再用夾子夾好，這樣「原稿」就完成了。

小說家的工作，主要都是用這種形式的原稿，來進行開會討論等等工作。當我要閱讀自己寫的小說，或是給別人看時，也經常使用像這樣影印出來的原稿。

「好啦好啦……嘿咻。」

把原稿夾在腋下，我穿著輕便的室內服來到走廊上。

轉換心情順便到外頭呼吸新鮮空氣，接著重看原稿，打發時間到早晨──我原本想這麼做。

別墅的走廊有如高級飯店般豪華，還有燈火通明的燈光。

走到交誼廳時，我突然停下腳步。

「────」

因為我看到村征學姊就坐在沙發上。

跟初次見面時相同的和服裝扮。

橙色的燈光，照映在她雪白的臉龐與脖子上。會讓人不禁看得出神的不只是因為她的美貌，還有那端正的姿勢也是原因之一吧。

這股神祕的氣氛，讓人迷惘是否該出聲叫她。

經過幾番猶豫之後，我下定決心向她開口：

「學姊。」

「…………………………」

沒有回應。看來她的精神完全集中在看小說了。

……那是我拿給她的「未公開小說」吧。紗霧那時候也是，有人在自己面前閱讀自己所寫的小說，這還真令人感到害羞。

……尤其還讀得那麼入迷，就更讓人不好意思。

直接把創作活動實況轉播給大家看的情色漫畫老師，或許是個「想被人看」的色色女孩。

插畫家這種生物，說不定全都是很色又有暴露性癖的人。

我決定取消外出，隔著一張桌子，在村征學姊的對面坐下。

然後跟她一樣，開始閱讀自己的原稿。

為了讓眼前的村征學姊閱讀，就來做最終的校稿吧——不過話雖如此，在我的經驗上，剛寫完原稿後即使馬上重新閱讀，也沒辦法校正出什麼問題來。

不過因為她提出想馬上閱讀的要求。所以我決定要盡力而為。

……不知道經過多久的時間。

「啊～～！好好看喔！」

一個非常孩子氣的聲音，就從我前方傳來。

當我從原稿上抬頭一看，就跟伸著懶腰的村征學姊四目相交。

「————」

經過一瞬間的沉默。

「呼耶？——啊、啊啊——征、征宗學弟！」

學姊突然間顯得非常手足無措。她的臉也一口氣變紅。

「為、為什麼你會在這裡！」

「我也想說在這裡閱讀原稿好了。」

「……從、從什麼時候開始……？」

「我也不太清楚耶。應該在這有一段時間了。」

「怎、怎麼不出聲……叫我一下……」

「這個嘛，我有跟妳打招呼喔。只不過妳的注意力似乎很集中呢。」

「〜〜〜〜〜〜！」

村征學姊全身突然僵硬，並且低下頭來。

「……大意……太、太疏忽大意了……嗚嗚。」

「？一旦熱衷於某件事就會聽不見別人說話，對學姊來說這不是很稀鬆平常的事嗎？不用那麼不好意思啊……」

「情、情況不同啊……就在……這麼近的……我、我沒有……露出奇怪的表情吧？」

「完全沒有喔。」

反而還令人看到著迷。

「唔……嗚……啊啊啊……好想消失喔。」

村征學姊雖然變得消沉，但她似乎像是要打起精神般——

啪！用力地拍打自己臉頰。

「好……很好。」

動搖從她的表情上消失，恢復成平常那個沉著的學姊。

「呼……冷靜下來了。真是抱歉，讓你看到我這麼驚慌失措。」

「不，沒關係。」

「說、說起來……你、你還……還真早起呢。」

「我是一直都醒著。平常星期六都是『不睡覺的日子』，因為小說會越寫越起勁呢。」

「是、是嗎……星期六也是你『不睡覺的日子』嗎？我也一樣呢。一直醒著閱讀從你那拿到的『未公開小說』。感想等我之後思緒整理好後再告訴你…………不過真的非常非常有趣喔！」

「妳能這麼說，我很開心喔。」

雖然努力地不要表現在臉上，但我內心超害羞的。

「為什麼編輯部不把這麼有趣的小說出版成書呢！」

「…………………」

因為不會賣啊。

看來這個人真的幾乎不看網路，就連當時我被痛批成「劣化村征」或是「村征老師的山寨版」這些一文不值的評語也都不知道。

……把這些放一旁不管的話……我跟這個人還真的很像呢。除了銷售量以外。

我大概能猜想到她接下來的反應，於是開口這麼說：

「果然到了週末就會一直醒著對吧？可以的話，實在很想持續不斷地寫小說，不過平日還得去上學，所以也沒辦法這麼做。」

「沒錯！就是這樣子！」

村征學姊做出預料之中的反應。

「週末的話，就可以不用管學校的事情，也能一直不停地撰寫小說！真是的，為什麼人類這種生物必須吃飯睡覺，還得去做各種麻煩的事情才能活下去呢！真是太浪費了！」

每當跟妖精講到工作的事情，馬上就會因為意見不合而對立。

「真是所見略同，我也是這麼想的。」

但她不愧是被稱為我的高階版本的人。

比我更加喜歡寫小說，也更喜歡閱讀有趣的小說——

日日夜夜不停地撰寫小說——遠遠超過我。

正因為是這樣的人，所以跟她聊天時才會如此愉快。

跟最喜歡的妹妹，還有很合得來的妖精又不同，就好像是跟「比自己更加努力的另一個自己」聊天一樣——充滿了認同感。

用更簡單的例子來形容，就是遇到自己超沉迷的網路遊戲裡「世界排行第一名」的玩家時，如果說是這種心情不知道大家能不能理解呢……？

這傢伙到底灌注多少心力在上頭啊……像這樣混合了敬意與戰慄的感覺。

「那個……來，這個給妳。」

我笑著把剛寫完的新作原稿遞給學姊。

「唔，這是……」

「是昨天約好的新作喔。現在剛好校閱結束。」

「《銀狼》的續篇！好快！哇啊！哇啊！而且好厚喔！」

她超級興奮。能夠高興到這種地步，對作者來說，辛苦撰寫也是值得了。

「寫出來的東西能夠讓人閱讀」這對創作者來說，是非常幸福的環境。

不管是職業作家也好，業餘作家也好，這種喜悅是不會改變的。

就算傳到網路上也沒人要點閱，或是拚命寫好了卻變成「無法公開」——因為這些無法順心如意的事情實在太多了，所以就更加有這種感慨。

「謝謝你，征宗學弟！那我馬上開始看！」

「嗯。我才是，謝謝妳。」

對著僅僅一人的讀者，我打從心底向她道謝。

「？為什麼你要跟我道謝呢？」

會說出這種台詞的她，果然還是個跟我不盡相同的作家吧。

不知不覺間，窗外已經完全天亮了。

我回到房間，繼續撰寫別的短篇小說直到早餐時間為止。

《世界上最可愛的妹妹》第二集的內容，現在還沒有頭緒。

也許是該感到著急的時候，但不知為何我十分地沉著。雖然不太會形容……但我有著只要時機到來，就會自然產生「靈光一閃」的奇妙確信。

因為被妹妹推了一把，也為了順便能夠「靈光一閃」才來到這座島嶼，所以滯留在島上時就要全心全意地享樂才行——因此，就要撰寫現在最想寫的小說。

不是《世界上最可愛的妹妹》的續篇，也不是已經完結的《銀狼》後續。

而是現在正從腦內湧現的全新故事。

希望這篇故事，能夠成為學姊心目中的「世界上最有趣的小說」。

只為了一名讀者來撰寫小說。

這對我而言，是非常懷念的娛樂。

就在此時。

「早上啦！征宗！快起床！」

磅！猛烈打開房門闖進來的，是穿著浴衣的妖精。

「唔，什麼嘛，已經起來啦。早安。」

「喔，早……早安啊，妖精。」

我很沒出息地變得驚慌失措。因為這也沒辦法啊！

——不久的將來……你最喜歡的將不是其他人，而會是本小姐……

因為發生過那種事情嘛！

反過來說，好像完全不以為意，看起來跟平常沒兩樣的這傢伙才奇怪。

「…………」

那段經歷難道是夢境嗎？昨天晚上明明那麼可愛的說——不、不對啦！

我到底在想什麼啊……！我搖搖頭，把雜念趕出腦袋。

接著，妖精瞄了一眼我手邊的筆電。

「你為什麼要在旅行中寫小說啊？」

「…………這趟旅行不是『取材&執筆集訓』嗎？」

「咦？啊、啊啊——說起來好像是這麼一回事呢！」

雖然早就注意到了，但那果然只是個藉口。

「取材——嗯，取材嘛。好，征宗，你躺到床上再睡著一次。」

「……為什麼啊。」

「當然是為了重現戀愛喜劇的必備情節啦！以取材的方式進行！早上來叫醒主角的女主角，在看著心上人的睡臉時，漸漸變得臉紅心跳——就是像這樣的劇情。」

「從昨天我就一直在想，這種『重現劇情的取材』真的有讓寫小說功力進步的效果嗎？」

「沒有啊。好，快躺上去吧。」

「喂！」

妖精把正在吐嘈的我硬拖到床上。

光是目擊到這個場面的話，感覺會遭到奇怪的誤解。

總不會又被克里斯大哥看到吧？

「好，演男朋友的，快點睡吧。」

我被迫躺到床上，妖精把棉被蓋到我身上，然後砰砰的拍了下。

「很好，ＯＫ。好啦，征宗，快閉上眼睛吧。」

「…………………我原本想繼續寫小說寫到吃飯時間為止耶。」

我放棄抵抗，在被窩裡閉上眼睛。

「好啦，這樣可以嗎？」

……話雖如此，她到底想幹嘛？難道真的想跟戀愛喜劇的必備情節一樣偷親我？應該不會吧……

稍微等待一陣子後卻沒有發生任何事情的感覺，於是我微微睜開眼睛。

結果——

「！」

我有如被鬼壓床般動彈不得。不管是精神上還是物理上都一樣。

要、要說為什麼的話……因為妖精爬到我上頭，用不會把體重壓到身上的姿勢把我整個覆蓋住……現在，她那端正的容貌，正緩緩地貼近我的臉龐。

她的衣帶鬆開，浴衣的胸口部分就好像要整個外漏了。

「……嗯呵呵……快起來……征宗……」

「……！」

嘴、嘴唇的吐息……

「快～點……再不快點起床的話……本小姐就要惡作劇嘍……」

……什……怎……什……！

咦，這是——演技吧？

但是妖精這傢伙，整張臉火紅得非常煽情，感覺無比逼真啊！

是想要……在最後一刻停下——等等，好近，太近，太近了啊！

啊，糟糕，無法動彈……逃不掉了——

我緊閉雙眼。

碰叩！此時旁邊突然響起一道清脆的響聲。

接下來就聽到「嘎呀！」這種少女不該發出的聲音。

「怎、怎麼了！」

慌忙睜開眼睛一看，就看見妖精掉到床邊整個人四腳朝天，還有穿著和式圍裙的村征學姊。

村征學姊以退魔師降伏怨靈的眼神，將握在左手的湯勺用力一揮……

「制裁完畢。真是千鈞一髮啊，征宗學弟。」

說出有如戰鬥系輕小說女主角般的台詞。

「學、學姊……妳這身裝扮是？」

「嗯……其實我去廚房想幫忙準備早餐。畢竟可不能讓那邊那個四腳朝天的亞人物種，把親手烹煮料理的榮譽全部獨占。」

竟然說亞人物種。

「唔，嗚，好痛～～～妳這可惡的中二病患……居然偏偏在這種時候來礙事……！還有，不要把妖精叫成亞人！要叫妖精，是妖精才對——」

剛爬起來的妖精眼睛變成><的形狀，並且抱著被毆打的頭部說道。

自high系中二病VS冷靜沉著系中二病的戰爭感覺要爆發了。

我試著把話題導往和平的方向，於是從床上起身，對她說：

「學姊妳也會做菜嗎？」

「還、還可以，就跟普通人差不多。雖然沒辦法做出昨晚那種豪華大餐，但如果是日式料理的話，我想多少可以抗衡一下。」

昨天的晚餐，雖然妖精只說要親自下廚來招待我們——但端出來的都是可以列入我人生裡前十名的奢華料理。

看到妖精老師使出全力，而且品嚐過那些料理之後，卻還說能夠抗衡，看來村征學姊的料理技術，至少遠遠在我之上吧。

輕小說作家們包括男性在內，盡是群女子力高強的人們。

「我很期待喔。」

「嗯、嗯嗯。馬上就要完成了……所以到餐廳來吧。」

穿上和式圍裙的學姊，抱住湯勺這麼說完，接著就快步走出房間。

平常那種凜然的語氣，就是村征學姊「原本的樣子」了吧，不過偶爾也會像現在這樣，變成很有女孩子氣的語氣。

……跟平常之間的反差，讓我不禁心跳加速。

看到這段對話的妖精只說了一句話：

「……哼，看來這次是本小姐輸了。」

「妳到底在講些什麼啊？」

「沒什麼啦。」

不過妖精這傢伙……還真是平靜。

我開始覺得，昨晚所發生的事情是不是真的只是一場夢。

也許是因為這樣。所以在無意識之間，喊出她的本名。

「……艾蜜莉。」

「是♡」

反應非常戲劇性，也不知道是否因為我叫了她的名字，妖精轟隆～～～～～地，連耳尖都變得紅通通，「…………」然後無言地以淚眼汪汪的眼神注視著我。

不但嘴巴咬著下唇，肩膀也微微顫抖。

經過三秒、五秒、十秒的相互注視後……

「那、那個……征、征宗？」

我對著淚眼汪汪到快要流出眼淚的妖精這麼說：

「……只、只是叫叫看而已。」

「不……！」

妖精張大嘴巴後無言以對，接著……

「不要嚇人好嗎！你想被本小姐宰了嗎！」

「有必要那麼生氣嗎？」

「當然生氣啊白痴！還、還還還、還以為要被求婚了！要用那名字叫本小姐就只能在——這不是講過了嗎！就在昨天晚上！那個超棒的氣氛下！為什麼這麼隨便就叫出來了！本小姐會臉紅心跳的別這樣好嗎！」

「抱歉。因為妳看起來實在太若無其事了，所以我還以為那只是一場夢。」

「才不是夢咧！本小姐明明那麼拚命了！如果被當作沒發生過絕對會受不了！而且看你這種反應，本小姐開始覺得是不是就算勝率不到一成，也該蠻幹到底才對！」

妖精接著有如剛洗好澡的狗狗一樣不停甩著頭。

「真是……OK，冷靜下來了。本小姐的少女迴路已經進入沉眠……好啦，打起精神來繼續第二回合。吃完早餐後，馬上就去海邊吧！」

「昨天已經大家一起玩過了，今天就讓大家一起工作吧。」

「啥啊～～～～～～～～～～～～～～～～～？你在說什麼鬼話？」

認真的嗎？妖精一臉像在說這種話的不滿表情。

「反正不管你或是村征都已經寫一整晚的小說了吧。這樣工作量已經很充足啦。今天也一起大玩特玩吧。」

「妳自己連一秒鐘都沒有工作過吧。」

啪！妖精不知道從哪裡拿出一張畫有圓餅圖的紙張，並且拿給我看。

「這就是今天的集訓行程表！」

今天的集訓行程表
製作：山田妖精
就寢
（以男女混合抽籤的方式決定房間）
起床
早餐
海邊遊玩
午餐（BBQ）
到妖精之森散步
晚餐
（由絕世美少女親手製作♥）
休閒娛樂
（試膽大會、煙火等等）
24 1 2 3 4 5 6 7 8 9 10 11 12 13 14 15 16 17 18 19 20 21 22 23
今天也要
大玩特玩♥

「如何？很完美吧……好痛！」

對妖精施以鐵拳制裁的，是不知不覺就站在她背後的克里斯大哥。

「真是抱歉，我家妹妹老是添麻煩。」

今天也穿著筆挺白襯衫的他，從妖精手中把行程表搶走，接著一個個以麥克筆把各個項目塗掉，然後迅速地重新寫上。

「第二天的行程，你覺得這樣如何？」

今天的集訓行程表

製作：山田妖精

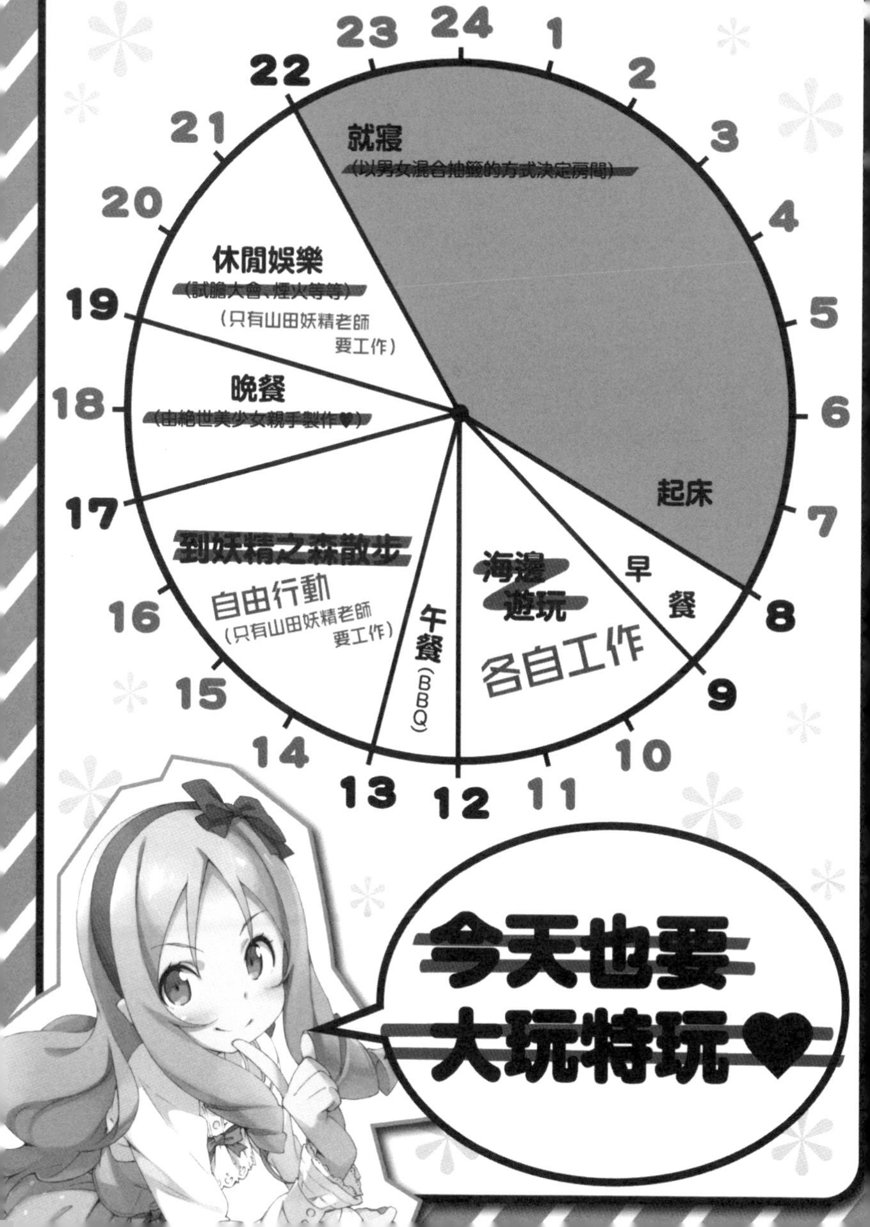

「啊，沒有問題。」

「等等！到處都有問題吧！哥哥跟征宗你們眼睛長在哪裡啊！稍微有點色色的海水浴Part.2呢！跟妖精老師的森林散步約會呢！」

「如果妳能把工作好好做完，哥哥我就特別陪妳一起去吧。」

「唔……這個邪魔歪道！你明明知道還故意這麼講的吧！」

克里斯先生對大吵大鬧的妖精，以毫無慈悲可言的編輯語氣說：

「喔，妳是指什麼呢？總而言之，山田老師……請妳在集訓期間，把日程上已經完全開不起玩笑的遊戲劇本監修工作完成。」

喀！克里斯先生單手扣住妖精的後腦杓，接著就直接轉身把她拖走。

「來吧老師，請在早餐之前努力一下。」

「好痛痛痛！不要！本小姐才不要到了南方島嶼還工作！救命啊征宗！打倒這邪魔歪道拯救公主吧！本小姐神聖的心靈要被玷污了！要變成暗黑妖精了！」

雖然聽不太懂，但我認為妖精老師的心靈本來就很污穢了。

唰沙唰沙唰沙——砰咚！門扉關閉後，寂靜再次造訪。

……雖說是自作自受，但還真是殘酷。

「……至少讓我們也一起陪她吧。」

就這樣，集訓第二天按照預定（？），開始進行「執筆集訓」。

大家一起吃完村征學姊幫忙做的美味早餐後，接著就在交誼廳集合，開始各自必須完成的工作。

都來到南方島嶼，還在室內工作喔！也許大家會這麼想吧。但是，在強烈的陽光底下實在沒辦法使用電腦，所以這真的是沒辦法。一來畫面看不清楚，二來壞掉就麻煩了。

「♪」

跟我隔了張桌子的正對面，村征學姊正全神貫注地閱讀我剛才拿給她的《銀狼後日談小說》。

她笑得非常開心，讓人覺得十分可愛，也讓我感到高興。

「好……我也開始吧。」

為了繼續完成早上開始寫的小說，我打開筆電的電源。

此時不經意地往右方一看，席德正在啟動一台機器，外觀就像是迷你尺寸的筆電。

「席德，那是什麼？以筆電來說好像太小了。」

「這台叫sigmarionⅢ，是世界上最棒的攜帶型執筆工具。」

居然號稱世界上最棒嗎？只見席德很自豪地撫摸著機身。

「雖然是DOCOMO的舊機種了，但因為找不到比它更好用的機型，所以到現在都還沒有更換。第一次寫小說時也是用這傢伙，所以已經像是我長年以來的夥伴了呢。」

「喔喔——」

我佩服地看著這台嬌小又古老的機器。聽他這麼一說，這傢伙的外觀感覺還挺可愛的。而且開機速度異常迅速。

不過，我們家的Let's note也有變形機能，還可以顯示出世界上最可愛妹妹的容貌，所以也很厲害。

「這就是『刀乃武士的靈魂』吧，對獅童先生來說，那孩子或許要稱為『小說家的靈魂』也說不定呢。」

參與對話的是村征學姊。她把頭從原稿上抬起，注視著我。

「因為我是用鉛筆跟紙張來撰寫小說，這些東西都只是消耗品而已，所以有點羨慕那種感覺。」

「學姊沒辦法用電腦撰寫嗎？」

「因為用手寫會比較快……我實在不擅長使用鍵盤。」

可以用那種速度進行手寫的話，也許真的會變成這樣沒錯。

「順帶一提，我主要用來閱讀征宗學弟的網路小說的機器，跟那個sigmarion應該是相同的東西。」

「真的嗎！」

席德產生無比高興的反應。

「好厲害！除了我以外有在用sigmarion的人，這還是第一次見到！或者說，現在這種時代還用這個上網的人，真的存在耶！」

「看來sigmarion使者之間會互相吸引呢。你們兩個乾脆結婚吧？」

說這句話的人，是坐在我左側的妖精。

她現在穿的不是浴衣，而是無袖的蘿莉塔裝扮。

光是聽這串對話，sigmarion就好像變成像是魔劍之類的名字了。

對於想把他跟村征學姊湊作堆的妖精，席德冷靜地這麼回答：

「雖然這提案很有魅力，但應該沒辦法吧——因為村征老師有其他喜歡的人嘛。」

「唔嗚！」

村征學姊顫抖一下後陷入僵直。她顯得非常驚慌失措，嘴巴也結結巴巴地說：

「為、為為為、為何……連你也豬道這……」

「為什麼妳會覺得別人不知道啊？」「為什麼會覺得其他人看不出來呢？」

妖精與席德異口同聲地回答。

「妳在『輕小說天下第一武鬥會』交出去的小說，就是寫征宗跟妳的故事吧？本小姐雖然從征宗那邊聽過詳細經過，但讀過後就算不聽也能馬上看出來喔。因為某個少根筋的天然暢銷作家完全不加以掩飾就直接寫出來了嘛。」

「我在直接見面之前，頂多就只有『大概是這種情況吧』之類的認知而已，不過看到你們兩人的態度，就確定『果然是這樣』了。」

「「…………」」

被妖精與席德一起這麼講完，不只是村征學姊，連我也開始臉紅了。可惡，為什麼會從寫作工具的討論，偏離主題開始講起戀愛話題啊……！

席德交互看著我跟村征學姊。

「但是，你們兩位並沒有在交往……是這樣沒錯吧？」

「是、是啊。」我這麼回答。

「那是因為……」

「絕對跟同性戀毫無關係喔！」

只有這點我必須重複強調才行。

當我和席德對話的時候，一旁的村征學姊低著頭……

「……怎、怎麼會……被大家知道了……這麼說來……終、終於連讀者們也……？」

然後不停小聲地自言自語。

呃……難道說，這是千壽村征老師第一次在意「讀者感想」的紀念性一刻嗎……？

似乎跟我想到同一件事的妖精，興高采烈地說：

「就是啊！小村征的純情初戀，想必一定都傳達給讀過那篇作品的所有讀者了！不管是思春期的國高中生，或是喜歡輕小說的阿宅們，大家一定都覺得『村征老師也真大膽，竟然寫小說來告白！好可愛！』才是呢！」

「嗚、唔嗚……」

村征學姊的臉越來越紅。

「其實啊，網路上也都熱烈地在『尋找村征老師的心上人』喔！呼呵呵呼……其實本小姐也在推特上，寫了些會被人覺得本小姐似乎知道真相的留言啦！」

「……唔嗚嗚嗚……」

村征學姊用雙手遮住臉。

別太欺負她啊……！她都快羞愧死了……！

此時席德說道：

「這麼說來，有人在Togetter（註：日本專門整合、統計推特上各種熱門話題與情報的關聯服務網站）上以『千壽村征老師的初戀』這種標題，把相關情報整合起來了。」

「也沒什麼好隱瞞的，整合相關情報的人就是本小姐！還把村征是美少女這種傳聞放出去了！」

「妳真是有夠差勁的！根本完全只是在起鬨看熱鬧嘛！」

妳看！村征學姊已經羞恥到全身都開始顫抖了！

「嗚、嗚嗚……唔嗚嗚嗚唔～～～～～～～～～～～～～～～～～夠了！我不管了！」

咚！不停發出羞恥呻吟聲的學姊，突然大喊一聲後站起來。

「好吧！既然被發現了那也沒有辦法！」

她堂堂正正地挺起豐滿的胸膛，筆直地看著我。

「諸位，聽好了！我、我啊！我最喜歡征宗學弟了！」

「學、學姊！」

「想流傳出去就傳吧！想把情報整合起來就整合吧！沒什麼好隱瞞的！因為全部都是事實啊！我的戀情，毫無值得羞恥之處！」

學姊好帥氣！可是我感到好羞恥所以快住手！拜託妳！

「呼呵呵呵，終於惱羞成怒啦這個被甩掉的女人！妳激動起來的時候實在太可愛了！本小姐最愛這時候的妳了！」

無視於興高采烈的妖精，村征學姊高聲對我說：

「既、既然都到這種地步那我就全部說出來！我之所以不惜減少撰寫小說的時間，還順著這隻亞人物種的計謀來到這座島上，不只是想閱讀征宗學弟的『未公開小說』而已！」

「咦……？」

這麼說來，妖精的確有透露過這麼一回事。

村征學姊筆直地指著妖精說：

「這、這傢伙說在來回搭乘交通工具時，可以讓我坐在征宗學弟旁邊……！」

「是這種理由嗎？」

「嗯、嗯嗯。」

學姊點點頭。

仔細想想，不管是在飛機上還是渡輪上，村征學姊都坐在我隔壁。

她先前的氣勢突然一口氣減弱，然後用嬌羞的語氣說：

「而、而且……如果一起去旅行的，也許就能有兩人獨處說話的機會……這樣……」

「……啊……嗚……」

講真的，這位學姊光是今天打算要讓我害羞幾次才滿意啊。

啪啪，此時妖精拍拍手。

「好啦好啦，抱歉在你們順利不停插旗時打斷——不過征宗。你可別被村征那毫無防備到可愛的性格給欺騙嘍！」

妖精交替看著我與村征學姊說著。

「你應該也看過才是，那堆充滿不祥的A級技能！改變你的認知吧。這傢伙的精神狀態與其說是女主角，還不如說比較像『蜘●人　驚奇●起2』裡的電光人。」

「……麻煩用我聽得懂的比喻。」

「這傢伙一個人在房間獨處時，絕對會不斷自言自語喔——為了跟**妄想中的征宗**聊天！」

「好恐怖啊啊啊啊啊！」

再怎麼樣也不會到這種地步吧！對不對，村征學姊？

當我看著村征學姊，她以焦急的表情說：

「……妳、妳怎麼知道。」

「……！」

……竟、竟然是真的……嗎……！

我因為戰慄而冷汗直流。妖精這傢伙，看人也看得太準了吧……

村征學姊看到我退避三舍的樣子，就擺出可愛的動作與聲音說：

「……不可以……嗎？」

「抱歉，只有這件事麻煩妳千萬別這樣。」

因為得知她會跟想像中的我偷偷對話這種瘋狂的情節，所以學姊現在這種如果是平常的我就會看得發萌的情景，不但沒有任何效果，反而只會煽動我的恐怖感。

彷彿背景發出鏘啷聲！村征學姊表情鐵青地陷入呆滯。

她完全陷入虛脫，從口中冒出靈魂，整個人攤在沙發上。

似乎像是抓準話題就要中斷的瞬間，啪啪！的拍手聲響徹在交誼廳裡。

這次發出拍手聲的不是妖精，而是她哥哥克里斯先生。

「抱歉在大家聊得興起時打擾，但希望各位能讓山田老師專心工作。」

「啊，不好意思。」

我和席德輕輕低頭道歉。

「那麼，妖精老師、和泉，我們繼續工作吧。」

「大家等等啊！請不要結束本小姐的逃避現實！眼前這堆積如山的工作，本小姐想要永遠無視它們的存在啊！」

「快放棄，認命工作吧。」我這麼說。

說起來，雖然故意裝作沒看見……但從剛才開始，妖精眼前就不斷地堆起有如電話簿般厚重的紙堆。

「快看啊！這些全部都是遊戲的監修劇本！要把這些全部看過，然後修正奇怪的部分，還要把各方的需求整合起來才行！根本不可能辦得到嘛！」

妖精抱怨到幾乎要哭出來。

這麼一說，這傢伙已經決定要動畫化的出道作《爆炎的暗黑妖精》，好像也正準備在攜帶主機上改編成冒險類型的遊戲。

這堆像是電話簿的東西，看來就是所謂「遊戲監修的工作」。

「遊戲的監修好像很辛苦。」

光從一旁看就覺得很多。

「距離這項工作的截稿日期，只剩下不到一星期。可以的話，希望能在集訓期間就把它完成。」

克里斯先生很乾脆地說著。

「……一星期，會不會有點勉強？」

總覺得光閱讀就很吃力了。我想這個工作大部分都是被「閱讀美少女遊戲包含隱藏路線在內所有路線的文章後，進行確認與修正」這項作業給占去。

「因為萬代南夢宮的製作人說『《TIGER×DRAGON!》的竹宮老師用一星期就解決掉嘍。』這句話來煽動本小姐，於是就忍不住接下來了——冷靜想想，這根本就是不可能的嘛！」

「妳是白痴嗎？」

那種事情連我狀況絕佳時都不可能。

這正是利用了被拿來跟他人比較就會開始激動的作家習性，可說是非常巧妙的陷阱。

「不要說得那麼白！這是本小姐第一次參與遊戲製作，而且也不知道監修的工作量有這麼龐大！完全就是被騙了！」

克里斯先生溫柔地拍拍講出危險發言的妖精肩膀。

「另外還有動畫的腳本監修工作，那邊的截稿日也很急迫，不要忘了。剩下的還有當動畫播放時，原作小說絕對要出兩本新刊，這些也請妳提前寫好。」

「白痴嗎！都是些白痴嗎！為什麼大家都要把截稿日期疊在一起啊！那樣子不管怎麼努力都絕對沒辦法完成吧！」

「放棄抵抗，快點動手吧。回去之後有腳本會議跟動畫錄音的工作等著妳。另外藍光光碟跟遊戲的特典小說也要寫喔。最近的書迷們，都期待這些要有跟長篇小說相同等級的內容吧。哎呀，漫畫方面也要配合動畫有新的發展。衍生作品也差不多要開始進行了。再來展覽會要展出的短篇也——」

「嗚、嗚哇啊啊——————啊！」

真正危險的截稿日，就是在發生瞬間就能理解「這下沒救了」，而且還不能拒絕的事物。

我學到一個慘痛的教訓。

接下來，我們大約工作兩個小時左右後。

回歸寂靜的交誼廳裡，只剩下幾種作業聲。

敲打鍵盤的喀噠喀噠聲。

翻閱原稿的啪啦啪啦聲。

另外就是妖精老師她——嗚嗚咽咽的啜泣聲。

待在溫暖的南方島嶼別墅裡，在涼爽的冷氣吹撫下工作，比想像中要來得更加順利。短篇也差不多要完成了。

又過了不知多久，集中力差不多要分散時。

突然感覺到一股氣息抬頭後，就看到村征學姊站在我面前，她非常開心地露出笑容，並且搖擺身體。

「征宗學弟♡新作完成了嗎？」

好像等待著飼料的雛鳥一樣，抱著這種失禮的感想，我這麼回答：

「馬上就要完成了，不過今天早上拿給妳的《銀狼》新作，已經看完了嗎？」

「嗯！」

啪！她把藏在背後的《銀狼後日談小說》拿到身體前。

「跟你預告的一樣，是部『超有趣的無聊作品』喔！」

「嘿嘿，沒錯吧。」

我以笑容面對這預料中的反應。

寫完小說後馬上就能獲得感想，還真是有趣。

如果是當成興趣寫出來的小說，就更是如此。

前一陣子，雖然我拒絕了「成為千壽村征的專屬小說家」這個提案——但是總覺得，我現在做的事情，其實不就跟那提案很相似嗎？

「『超有趣的無聊作品』是什麼東西啊？」

妖精單手拿著紅筆，用毫無氣勢可言的聲音問著。

我豎起一根手指，以得意的語氣回答：

「就是讓《銀狼》作中死去的角色們，包含敵人在內全體復活，過著幸福生活的故事。」

「超無聊的啊！」

妖精張大嘴巴喊著，接著露出苦笑。

「畫蛇添足也要有個限度吧。這該說是把結局糟蹋掉了，還是說像官方同人誌啊……實在不是能送到一般讀者手上的東西。」

跟預料中相同，被批得一文不值。不過，我是明白這點才寫的。

這正是喜歡我的作品的書迷，才無法給他們看的故事。

就算我想寫，也找不到閱讀對象的故事。

「不過——有趣嗎？」

「嗯嗯。」村征學姊把原稿抱在胸前。「我想讀的就是這個！」

我就知道她會這麼說。

說不定我的書迷之中，也有其他能接受這種故事的人。但是我沒有把這篇故事送到「那位讀者」手上的方法。

如果沒有這種機會的話，我也不會動手寫。

「謝謝妳，學姊。」

我想起現在已經沒有再以電子郵件跟我交流的「那個人」。

第一個把閱讀感想寄給我的「那個人」，如果他也在這裡的話……能夠如此愉快地閱讀這篇幸福的無聊作品嗎？

接著，不知為何——

我突然想在回去之後，給情色漫畫老師閱讀這篇作品。

就這樣。

我寫完短篇小說之後，把原稿交給村征學姊，現在就要開始構思《世界上最可愛的妹妹》的第二集內容。

村征學姊正全心全意地閱讀我剛才交給她的小說。

妖精努力於遊戲的監修，席德看來則是進行把「輕小說天下第一武鬥會」上參賽的短篇小說，改寫為長篇的作業。

各自進行自己的工作——這正是「取材&執筆合宿」該有的形式。

雖然是該有的……

「抱歉，我得離席大約三十分鐘。」

克里斯先生抬頭看時鐘，接著就從沙發上站起來。

這瞬間，妖精的耳朵開始抽動。

克里斯先生似乎很不滿地看著這情況。

「……我不在的時候，妳可別偷懶喔。」

「是～」妖精很率直地回答。

「絕對別給我偷懶喔。不要跑去游泳，或是去玩遊戲喔。」

「是的，哥哥大人♪本小姐絕對不會偷懶的！」

她以閃爍的眼神說著。明明幾秒前眼神還跟死魚沒兩樣。

「……………………」

克里斯先生很苦惱似地用手指揉揉眉心。接著嘆口氣說：

「……請你們姑且幫我監視她一下。」

這麼說完後，他感覺還是頗不放心地走出交誼廳。

啪咚，當玄關門一關上，妖精伸長脖子看到監視者的身影消失後，她就有如從封印中被解放一樣，精神奕奕地跳起來。

「呀呼！好啦！各位！來玩吧！」

喀嚓。克里斯先生回來了。

「妳剛剛有說什麼嗎？」

「哥哥大人是您多心了！」

啪咚。克里斯先生再度消失。

「呼，嚇本小姐一跳。還以為死定了。」

……這對兄妹還真是熱鬧。

老實說還真讓人羨慕。我也想跟紗霧像這樣愉快地聊天。

「所以……來玩吧。」

坐在沙發上的妖精偷瞄著玄關的門，一邊小聲說著。

「我們才被拜託要監視妳耶。」

「妖精老師，妳有好好工作嗎？」

「不要！本小姐已經被迫從事兩個小時的強制勞動了喔。不好好玩一下放鬆心情的話，集中力根本無法持續！好嘛？一下下就好了嘛！好不好？就趁那邪魔歪道不在的時候！好吧？好啦？拜託嘛～～♡」

妖精超拚命地懇求我跟席德。

至於村征學姊，她當然還是事不關己地專心閱讀小說。

真是位我行我素的大小姐。

因為妖精實在太煩人，這樣下去實在沒辦法進行自己的工作，我無可奈何地說：

「拿妳沒辦法，只能一下下喔。」

「太棒了♪本小姐最喜歡你這難以拒絕別人的性格！」

……感覺完全不像是在稱讚我。

席德也以一臉拿她沒轍的表情苦笑著。

「……那麼，要玩什麼呢？畢竟要外出的話太危險了，我想能夠在短時間內結束的遊戲會比較好。」

「那還用說！」

喀噠！妖精以像是會把沙發撞歪的氣勢站起來。

「當然是國王遊戲啦！」

「國、國王遊戲……是嗎……？」

「就、就是在聯誼之類的活動上會玩的那個……！」

我跟席德都無法隱藏自己顫抖的聲音。妖精則用嚴肅的聲音說：

「沒錯……『國王遊戲』。只有成年男女才能遊玩，號稱是『聯誼三大遊戲』之一。」

「怎、怎麼可能！」

「妖精！妳……是認真的嗎！真的要玩那個『傳說中的遊戲』嗎！」

「當然是真的。反正你們兩個一定也沒玩過吧？」

「沒有！完全沒有！」「一次也沒有！應該吧！」

我跟席德不停揮手。

「咦？席德也沒有玩過嗎？你不是大學生嗎？」

「請、請不要講得好像每個大學生都會去聯誼一樣好嗎！」

說得也是。就算是國中女生，有惠那樣像是bitch的女孩，就也會有紗霧那樣純潔無垢的天使，以及像情色漫畫老師那樣的變態。

大學生也一樣，也有各種類型吧。

只不過，席德外觀看起來很清爽，又像是很會主持活動的性格，感覺就像是「會去參加聯誼等活動的大學生」這種類型。

「這個嘛……聯誼或是會有女孩子來的聚餐……我也不是從來沒有參加過……」

「但是沒有玩過國王遊戲？」

「……我想應該沒有吧。」

明明是自己的事情，為什麼說的這麼曖昧啊？

我重新打起精神，對妖精說：

「妳看吧，妖精。就連看起來很現充的大學生席德，似乎都沒有玩過『國王遊戲』了喔。果然這個跟『Pocky遊戲』或是『扭扭樂』一樣，其實都只存在於創作之中，跟本就是幻想中的遊戲吧？」

「正因為如此，才會說要玩玩看啊！如果不試試看平常沒辦法做的事情，那就根本不需要取材啦！」

「唔……」

的確，說得有道理。

而且國王遊戲是個不需要特別的道具，也能夠在短時間內結束的遊戲。妖精指著依然不停看著小說的村征學姊。

「村征！妳也要玩喔！」

「…………」

「聽本小姐說話啦！」

當妖精以超高音量大喊，學姊終於抬起頭來。

她以像在訴說「吵死了，宰了妳喔。」般兇惡的眼神說：

「……妳說什麼？」

「要來玩國王遊戲嘍！」

「國王遊戲？那是什麼……？我想要繼續看小說……」

「ＯＫ，完全是預料之中的回答……稍微過來一下。」

妖精抱住不太甘願的村征學姊肩膀，把她拉到交誼廳的角落去。接著背對這邊，然後偷偷摸摸地開始想說服她的樣子。

「……小村征啊，所謂的國王遊戲就是……」

「……這哪裡有趣了？」

「所以說…………對吧？然後呢……就可以讓征宗……」

「！居然……可以那樣子……嗯、嗯嗯……」

……喂，剛才好像聽到我的名字耶。

當我開始不安時，啪！兩人轉身朝向這邊。

接著……

「征、征宗學弟，來玩國王遊戲吧！」

學姊變得充滿幹勁。她的臉頰染上紅暈，一副躍躍欲試的樣子。

「……妖精，妳還真厲害。到底是怎麼說服她的？」

「祕密。要說服村征，對本小姐來說輕而易舉啦。」

啊，我知道了，這傢伙一定又隨便對村征學姊胡說些什麼。

「那麼，就馬上開始吧。用這副撲克牌來代替抽籤。」

妖精從放在沙發旁的包包裡抽出四張撲克牌，然後正面朝上並排擺在桌上。

「這邊有1到3的數字還有K。把這些翻面。」

妖精把撲克牌翻面，並且洗牌。

「來，每個人都抽一張——拿好了嗎？姑且說明一下，這遊戲抽到老K的人就是國王，然後可以對抽到數字1到3的人下任何命令喔——好，那麼遊戲開始，本小姐是國王！」

妖精理所當然地宣言自己是國王。

「……喂，妳這反應怎麼好像知道自己會抽到國王一樣？」

該不會是作弊吧？雖然我講得很直接，但妖精完全不予理會。成為女王的她，看著我們這些部下……

「嗯，第一個命令該怎麼辦才好呢～」

「……！」

村征學姊對著妖精，好像在暗示什麼一樣地不停眨眼。

妖精朝她看了一眼後，突然面向我說：

「先來小試身手！1號～～～」

1號——是我。

「去親2號！」

「噗！」

害我口水猛烈噴出來了。

什！什什什、什……麼！要我親人！這、這隻色情妖精！明明知道有女孩子在，還下這種命令！雖說也許國王遊戲本來就是這樣玩的沒錯！

沒、沒想到這些成員會搞得像是在聯誼一樣……！

我暈頭轉向地陷入混亂中。

啊！比、比起這個！2號！2號是誰！難道說是村征學——

我在動搖與期待之中，準備看清楚親吻對象的瞬間。

「！」

蹉！席德無言地站起來，接著往玄關猛衝。

「啊！逃跑了！征宗！快追！他就是2號！」

「誰會去追啊！」

我怎麼可能跟男人親吻！

「什麼啦！難得本小姐想把親吻畫面拍下來然後上傳到推特的說！」

妳想殺了我嗎！

而且這傢伙剛才的言行舉止，似乎知道我就是1號的樣子，是我多心了嗎？

——結果，席德就這樣逃離現場沒有回來，國王遊戲才剛開始，就出現一名淘汰者。

村征學姊狠狠地瞪著妖精。

「……妖精妳這傢伙，跟剛才說好的不一樣啊…………好不容易才把號碼告訴妳了。」

「就說是小試身手嘛，反正妳好好看著。」

「喂，那邊的女性陣營，事先商量好也太詐了吧！再說只剩三個人也沒辦法玩國王遊戲吧。各自的數字都一清二楚啊。」

「是啊。那改變一下規則，再增加一名參賽者吧。」

妖精乾脆地說完後——

「咦？要玩國王遊戲？真的假的！要玩要玩！我也要玩！」

把「最不該叫來玩這遊戲的人物」召喚出來了。

現在，我把平板電腦抱在胸前，畫面上顯示著戴著面具的情色漫畫老師。目前正用Skype跟「不敞開的房間」連接。

「哎呀，雖然現在插畫剛好畫得正起勁，不過聽到是國王遊戲就非參加不可了！傳說中的『國王遊戲』！這輩子說什麼都要玩一次啊！」

也沒錯啦，畢竟是個跟家裡蹲完全無緣的遊戲。

看來情色漫畫老師跟我們一樣，似乎都對「國王遊戲」這個詞，懷抱著諸多幻想。

「可是，有一個人是用Skype通訊的話，要怎麼玩國王遊戲啊？還有真的要繼續玩這遊戲的話，女性成員似乎有作弊的嫌疑，這先想想辦法解決吧。」

我把疑問跟請求傳達給妖精。結果……

「這樣的話，國王固定給情色漫畫老師當就好了。」

來了個不得了的回答。

「這種方式的話，本小姐就沒辦法跟村征共謀作弊了吧。」

「妳們果然有作弊嘛！」

「才沒有才沒有。但你似乎很懷疑，而且本小姐也認為這樣子情色漫畫老師會覺得比較有趣啊。」

難道說，妖精是為了讓無法走出房間的紗霧，也能體會到集訓的樂趣才這麼考量……雖然也許是這樣沒錯，但是！

「沒、沒問題吧……？」

該不會就此誕生出超越尼祿的暴君吧？這點我超擔心的……

「不過，總之就先試試吧。情色漫畫老師，這樣可以吧？」

「可以啊。還有我不認識叫那種名字的人。」

就這樣——

由情色漫畫老師固定擔任國王，就此展開國王遊戲的第二回合。

減少為三張的數字撲克牌，由我、妖精、村征學姊——各自抽牌。

接著……

「那個，然後就是……由我來對大家發出命令就行了吧？1號去怎樣怎樣～之類的。」

「就是這樣——來，請盡情命令吧！此時此刻起，我等『圓桌的騎士（Knights of the Round）』就是『情色漫畫大王』您的僕人了！」

「我、我不認識取那種危險名字的人！」

真的。萬一電擊大王來投訴的話我可不管喔。

大喊著跟平常似是而非的台詞的情色漫畫老師，不對，情色漫畫大王像是要重振精神般「咳咳」的輕咳一下後，對我們下達最初的命令。

「1號的人，脫掉一件衣服！」

「是本小姐！」

嘶唰！妖精在翻開1號牌的同時，就迅速地把上衣脫掉。

簡直有如格鬥家登上擂台時一樣，真是威風凜凜的快速脫衣——不對！

「妳、妳這人！怎麼這副德行……！」

「既、既然承認了情色漫大王的政權，這點程度的損害本小姐早就有所覺悟！」

妖精逐漸開始臉紅，同時露出奸笑。

情色漫畫老師驚覺地大喊。

「啊！小妖精好詐！那是泳裝嘛！」

「喔呵呵……就猜想會有這種情況，有先準備真是太好了！」

這、這傢伙，難道已經先行預測到國王遊戲會變成脫衣對決了嗎……！

「好詐！太詐了！雖然很可愛！」

已經進入情色漫畫老師模式的我家妹妹，看來似乎真的很不甘心。

……也罷，能樂在其中就好。

「好！下個回合！情色漫畫大王！」
國王依舊固定，臣子們再次重新抽取數字。
情色漫畫大王有如猴子般興奮，並且下達新的命令：
「哇哈！這個遊戲超好玩的啦！很好！要不停地下命令嘍！下一個是──1號的人！」
澎咚！村征學姊保持著坐在沙發上的姿勢彈跳起來。
……看來學姊是1號。
此時我胸口的情色漫畫大王，眼神裡發出光芒。
「把那身和服脫掉一件！」
「！」
村征學姊滿臉通紅地起身，往交誼廳的出入口猛衝。
這個瞬間，妖精快速繞到學姊面前。碰咚一聲把交誼廳的門關上。
「不會讓妳逃跑的喔，村征！來！快脫掉吧！」
「我、我我我、我可沒聽說過是這麼不知羞恥的遊戲啊！」
「因為本小姐沒說過嘛。」
「妳、妳這人！竟、竟然陷害我！剛才妳明明說要用國王的命令讓我獲得甜美的回憶啊！」
原來有締結那種密約啊……
村征學姊露出淚汪汪的眼神，並且抱著胸部顫抖，完全變成一個害羞怕生的少女。我實在看不下去，就向情色漫畫老師抗議。

「喂，情色漫畫大王！國王遊戲可不是脫女孩子衣服的遊戲啊！下些不同的命令啦！」

「咦～」

情色漫畫大王閣下似乎很不滿，不過意外地馬上就接受了。

「好吧。那就下不同的命令。因為不能叫人脫衣服了，這個嘛……」

「……呼。」

面對鬆一口氣的學姊，情色漫畫大王下了這種命令。

「跟我說妳現在穿什麼內褲。」

就覺得她會這麼說。這個命令完全可以預測到。嗯，早就知道會來這招了。

不過，也好，這點程度的話……應該還在容許範圍裡吧？會有這種想法，難道是因為我已經習慣情色漫畫老師（對惠她們）的言行舉止了嗎？

「那個，學姊……我會把耳朵塞起來——」

如果只有女孩子聽到的話，這種命令應該也沒問題吧？我語氣裡帶著這種含意，朝向村征學姊那邊一看——

「……………………………………………………………………………………」

她的臉比被命令「脫掉衣服」時，還要更加火紅。

只見她羞恥地低下頭，然後咻！的用雙手遮住雙腿之間。

——奇怪？剛才這命令，有什麼需要羞恥到這種地步的要素存在嗎？

怎麼想都是「脫掉衣服」這邊比較羞恥，也比較會因而臉紅啊。

「怎麼啦？小村征，妳穿的是什麼內褲啊？」

情色漫畫老師不停重複著如果不是玩國王遊戲就會構成性騷擾的問題。

可是學姊完全不回答。就好像「被問了會讓人羞愧至死的問題」，害羞到無法答話。

我想想…………這個是…………

…………………………………………

……………………………………………………啊！難、難道說！

當我尋獲真實的同時，妖精也開口大喊：

「啊，本小姐知道了！村征，妳一定是——」

喀！學姊神速地繞到妖精背後，用手把她的嘴巴塞住。

「再、再講下去就殺了妳！」

「唔姆嗚、嗚唔咕！」

把妖精拘束住的村征學姊雖然臉紅害羞，但同時眼神卻又無比渙散，可說是陷入搞不清楚想幹嘛的狀態。如果是漫畫的話，應該會把雙眼畫成暈頭轉向的樣子吧。

本來以為事情會就這麼曖昧不清地混過去時，情色漫畫老師以冷靜的機械聲音說：

「妳沒穿內褲嗎？」

居然說出口了！

「……………………」

各種聲音從別墅的交誼廳裡消失。不管是我、妖精、村征學姊、情色漫畫老師……誰都沒有開口說話。

彷彿就像時間暫停了一樣。

……………………

又經過一段時間後，忍耐不住這股沉默的我，露出「真的假的？」的表情看著村征學姊。

「……嗚！」

她的肩膀微微一震——接著就猛力地抓住我的衣領。

「因、因為是和服啊……！因為是和服嘛！因為這是和服嘛！」

「我、我明白的！」

村征學姊以嚐到人生最大恥辱的表情，超拚命地不停說「不是的，不是的。」來辯解。

「喂，情色漫畫老師……因為妳的關係，這遊戲變得超尷尬的啦。」

「……忍、忍不住就……」

少在那忍不住啦。

「……怎麼辦。」

從情色漫畫老師模式中恢復的紗霧，或許是她自己也感到愧疚，所以就像是要安慰癱軟在沙發上的村征學姊般這麼說：

「抱歉喔……那個，我會用剛才這件事畫一張圖送妳的，可以原諒我嗎？」

「怎麼可能原諒妳！」

這是理所當然的反應。

可以畫張色色的插畫就獲得原諒的，頂多只有妖精而已。

學姊用力抬起頭來，接著淚眼汪汪地不停揮舞拳頭。

「說、說起來！不要再討論這件事了！我想要立刻就忘掉！可惡，我再也不要玩這什麼國王遊戲了！妖精！妳也聽到了吧！」

「是、是啊……也到一個段落了，來玩些不同的遊戲吧。」

正當妖精拍著村征學姊的後背安慰她，並且這麼說著時。

克里斯先生與席德一起回到我們所在的交誼廳。

「啊！」

妖精指著席德，語氣慌亂地說：

「國光你這傢伙，竟然背叛了！本小姐們偷懶不工作玩國王遊戲的事情，你跑去跟哥哥告狀了吧！」

「……咦？沒有啊，我沒去告狀喔。」

「咦？」

「我跟克里斯先生只是偶然在外頭遇到而已……」

「什、什麼嘛。是這樣啊。抱歉隨便懷疑你。」

妖精雖然鬆了口氣，但妳這是……

「哦……偷懶不工作，還玩了國王遊戲是吧？」

妳看，自己把一切都說給克里斯先生知道了吧。

「啊！」

雖然已經太遲了，但妖精似乎也察覺自己的失誤。她用手摀住嘴，臉色也一下子變得鐵青。

克里斯先生面無表情地凝視著自己負責的作家。

「是嗎是嗎，原來如此～原來如此——國王遊戲，國王遊戲呢。這不是很好嗎？」

「那個，哥哥大人？不是這樣的。這個是因為啊……」

「那麼，接下來由我當國王可以嗎？現場全體作家們，回答國王我的問題吧——『你們現在該進行的工作是什麼？』」

看來這是要被狠狠訓一頓的氣氛。

這、這下子連我們也遭受池魚之殃。不過，陪妖精一起玩的我們也有錯就是了。

我偷偷瞄了筆電的畫面一眼，Skype已經中斷。

……情色漫畫老師這傢伙，竟然逃跑了。

克里斯先生環視著全員，然後緩緩地說：

「首先從獅童老師開始。你現在該進行的工作是？」

「是、是短篇的長篇化作業！幾乎已經要結束了！」

「很好。那麼，和泉老師。」

「是新作第二集的構思與發想。」

實際上，雖然完全沒有進展，但是說出「再一下下就要完成了。我真的沒有偷懶喔。」這種話來營造氣氛。這可是作家的必備技能。

克里斯先生「嗯。」的點點頭後，把視線從我移到自己妹妹身上。

接著以低沉又恐怖的聲音說：

「山田。」

「是。」

「妳該做的事情是？」

「是、是遊戲的劇情監修。」

「沒錯——所以？為什麼明知道這一點，卻還跑去玩國王遊戲？」
「是、是為了放鬆心情吧。」
「是嗎？那心情有放鬆了嗎？」
「還、還好。」
「那真是太好了——完成三名女主角的劇情監修之前，今天可別想睡覺喔。」
「咦咦！等、等等！想睡覺的時候還去工作，根本弄不出什麼好作品啊！」
「沒這回事。之前把妳關在編輯部時所寫出來的新刊，不就是本最棒最有趣的小說了嗎？山田妖精最能夠發揮實力的時機，不是幹勁ＭＡＸ的時候——而是在緊迫的狀況中，被逼到極限的時候啊。身為責任編輯的我最清楚這點了。所以這次的遊戲劇情監修工作，想必也會有非常優秀的成果吧。當然，沒有報酬。」
「惡、惡鬼！惡魔！監修型的工作都累得半死，但報酬卻少得可憐啊！本小姐要求改善勞動條件！」
「隨便妳怎麼說，但為了讀者與玩家們，我很樂意化身為鬼或惡魔。」
克里斯先生徹底斷絕了負責作家的不滿後……
「那麼，最後是——千壽村征老師。」
把視線轉向村征學姊。語氣也立刻變得十分謙恭。
「關於千壽老師的話，完全沒有值得擔心的地方。集訓中似乎也非常勤於執筆工作，真希望我那喜歡偷懶的負責作家，能夠跟妳好好學習一下呢。」

「等等！不要偷偷諷刺本小姐！讓人很火大耶！」

沒有理會大聲叫罵的妖精，克里斯先生繼續說：

「停止刊行的《幻刀》第十二集發售日，已經決定是在九月了。此作將成為文庫史上最高的出版發行本數，在本公司也成為熱烈討論的話題。」

文庫史上最高的發行部數！

真的假的……學姊果然很厲害。

不過，這不是跟我的新刊同時發售了嗎？

看來千壽村征與和泉征宗，還真是命中注定要互相撞在一起。

只不過因為這次我換了題材類型，所以被拿來比較內容——這種事應該是不會發生吧。不，就算要比的話也是我會贏！這次一定是這樣！

「千壽老師，現在妳正在進行《幻刀》第十三集的執筆嗎？」

聽到克里斯先生這若無其事的詢問，村征學姊緩緩地搖頭。

「非常抱歉。」

她把剛才閱讀的「和泉征宗的原稿」珍重地抱在胸前。

「我已經不會再寫小說了。」

若無其事地講出爆炸性的發言。

改變一下場景，來到別墅外頭。

我們在能夠俯瞰大海的山丘上，享用午餐ＢＢＱ。架在炭火上的鐵網上頭，並排著各種串燒。有蝦子、花枝、貝類、魚類等——備有各種豐富的海鮮。

把桌椅排好，我們各自聊天飲食。

此時——

「這到底是怎麼回事啦！」

席德大聲喧囂著。

他拿著啤酒杯一口氣把生啤酒喝乾，然後呼哈的吐出充滿酒臭味的氣息。

「你是指什麼——不過，你沒事吧？感覺你似乎已經很醉了。」

我看著他的臉。

「偶沒素～～啦。」

「……這下沒救了。」

席德他滿臉通紅，眼神渙散——完全是喝醉酒的狀態。

克里斯先生說「我去拿水來」後，跑進別墅裡頭。

在集訓期間把所有該做的工作都完成的席德，在乾杯時以要給自己一點獎勵為名義，要了些啤酒。

結果……才沒幾分鐘，一回過神來就變成這副慘況。

本來以為他是個非常正經的人，但卻發現這個意外的弱點。

對酒精毫無抵抗力。而且看來酒品也很差。

這下我懂了。他對聚餐時的記憶會那麼曖昧，就是因為這樣。

「啊，好熱！為啥這裡會這摸熱哇！因為速夏天嘛！」

……這樣可不會受歡迎。真是個令人感到遺憾的帥哥……

「你還是稍微休息一下比較好……」

「偶沒素啦！別官這個啦！剛才村征老師的發言才素！那素怎麼一回素啦！」

也許是喝醉酒的關係，真心話全都跑出來了……總覺得是這種感覺。

被啤酒杯指著的村征學姊，不停地眨眼。

「我的發言？那一個？」

順帶一提，她好不容易才從沒穿內褲事件的打擊中恢復。

「就素『已經不會再寫小說了』的那個啦！妳素認真的嗎！」

「是認真的。」

「～～～～～～～～～～～～唔！」

席德那因為酒醉而火紅的臉上，眼睛已經變為><的形狀，還露出咬牙切齒的表情。

剛才村征學姊說出「已經不會再寫小說」時。

我跟妖精——恐怕是因為相同的理由——完全沒有任何反應。克里斯先生則是微微抽動了一下單眉，但也沒有更進一步的反應。

現場只有席德一個人，有非常明顯的動搖。

之所以沒有馬上追問理由，也是因為他那保守拘謹的性格吧。

借助酒精的力量，現在終於能夠開口詢問。

他依舊用那口齒不清的語調說：

「怎麼會……！為啥？為什麼不嘰續寫了！」

「要我說出理由是無所謂。不過獅童先生你為什麼這麼激動呢？難道是我作品的書迷嗎？」

「因為像妳這樣只要肯寫，寫多少本就能出多少本書的人，卻說出那麼不負責任的話啊！妳知道自己受到老天多大的恩賜嗎？知道自己有多厲害嗎？知道自己讓多少讀者苦苦地等待嗎……！但是，文庫史上最高初版發售本數的超人氣系列作品，妳卻那麼乾脆地說出『不寫了』這種話！請不要開玩笑了！這種事情不可能被允許的！對所有的關係者與讀者都太失禮了！」

如果是酒醉後展露本性的話——席德其實是個滿熱血的人呢。

不過，就算對村征學姊這麼說——

「……我並沒有開玩笑啊。還有並不是『不寫這個系列作品』了，而是寫小說這件事本身我都不會再做了。」

你看，她聽不太懂。她沉吟一下後把手擺在下巴，開始思考。

「雖然從來沒有放在心上，但聽你這麼一說，也許很不負責任沒錯，也可能真的很失禮。如果我不寫小說的話，就會有很多讀者生氣，也會有很多讀者感到悲傷吧。」

「那麼！」

「但我還是決定不寫了。」

「什……！」

雖然席德感到很震驚，但曾經跟認真起來的村征學姊有過衝突的我，可以猜想到這個回答。

除非發生什麼重大事件，不然這個人是不會改變行動的。

之前也是……當妖精說「為什麼妳都不關心一下跨媒體製作？下次要好好監修啦！」，之後列舉出各種好處與壞處想說服她時。

村征學姊也回答「我了解妳說的了。」、「妳說得沒錯。」、「有道理。」等等，雖然能夠接受這些意見，但卻總是做出相同的回答——「可是，這樣會減少寫小說的時間所以還是免了。」

在她心中，應該有個很明確的基準吧。像這樣的人是沒辦法說服的。

除非能讓她閱讀「世界上最有趣的小說」才有可能。

「為什麼，妳不會再寫小說了呢！」

席德，再次問了相同的問題。

這次村征學姊確實地回答：

「因為夢想實現了。」

「咦？」

「不對……應該說就算夢想沒有實現，也已經沒關係了嗎？我之前的夢想是『寫出世界上最有趣的小說，讓自己閱讀』。我想要獲得更多能讓自己打從心底覺得有趣，能夠笑著閱讀的小說——但是，這場集訓讓我發現了。」

村征學姊看起來很幸福地……看著我。

然後用有如懷抱著夢想的少女的語氣說：

「只要征宗學弟能夠每天為我撰寫小說的話——那麼，就算自己再也不寫小說，也沒無所謂了吧。」

「不，我不會每天幫妳寫喔。」

我一邊咀嚼著串燒，同時用非常隨便的口氣說著。

「咦咦！為什麼！」

「要問為什麼……因為我不是學姊的『專屬小說家』嘛。以自己的小說為優先也是當然的……」

唔！學姊真是的，就算那麼淚眼汪汪……淚眼汪汪地……

我忍受不了熱情書迷的眼神，於是小聲地說：

「不、不過，偶爾的話，幫妳寫一些是無所謂。」

「太棒了♪」

平常那副冷靜沉著的模樣變得像是騙人的，時而驚訝，時而露出笑容——想到這麼豐富的情感，都是因為我的作品而產生……感覺一不小心就會喜歡上她。

明明我已經有喜歡的人了。

看到我這樣子，妖精則是笑嘻嘻地開始嘲諷。

「你也一樣是個毫無防備的男人呢——征宗。」

「囉唆！不、不要對紗霧說喔！」

「好好好。不過，被可愛的異性，不斷地稱讚自己作品的話——作家這種生物，說不定全部都很毫無防備呢。」

總覺得她這麼講，好像除了我以外還有其他「例子」一樣。

說著「夢想實現」，並且露出似乎很幸福的微笑的村征學姊，此時重新面向席德，以直爽的語氣說：

「這就是我不再寫小說的理由。可以接受了嗎？」

「說什麼接受……」

看來他沒辦法接受。話說照這種發展，學姊是打算要我每個星期都幫她寫一篇小說吧……不過，萬一像剛才那樣被拜託的話，我可沒有自信能拒絕。

席德又再咕嚕咕嚕地灌了幾口酒，然後對著我跟妖精說：

「你、你們兩位也覺得這樣就可以了嗎！就算村征老蘇不寫小說也無所謂——從、從剛才開始，你們就一點也沒有擔心的樣子！」

「就算問我們好不好——對吧？」

妖精以困擾的表情看著我。

「是吧？」

我們也只能看著對方苦笑。妖精接著用超隨便的語氣說：

「這個嘛…………不要管她就好了吧？」

我也完全持相同意見，一邊咬著串燒，並且點頭贊同。

「什……！大家不都是同為作家的夥伴嗎！怎麼這麼薄情……」

「不是，因為啊。村征她在各種方面上，就算你想去說服她也沒有用的……」

「去為她擔心，你自己都會覺得很蠢。」

我和妖精相繼吐露真心話。

因為語氣中完全沒有任何緊張感，所以連村征學姊本人也一臉焦急地慌忙講說：

「喂，你、你們兩個！這樣子連我也會心靈受創喔！雖、雖然也不是希望你們阻止我……不過稍微擔心我一下下也沒關係吧？」

「那這樣子，本小姐問妳喔～」

妖精瞇起眼睛看著村征學姊的右手。

她的五根手指都纏滿繃帶。

「那些繃帶底下，是怎麼了？妳為什麼要纏著繃帶呢？」

啊，這個其實我也很在意。

──因為我寫不出來了。

記得她之前曾讓我看她纏著繃帶的手指，然後說出這句話。

「難道是封印著『邪炎之力』在其中──應該不是吧？」

「這個跟……『不會擔心我的理由』，有什麼關係性嗎？」

「有喔。」

「…………好吧。」

村征學姊把右手伸到自己面前，輕輕撫碰著繃帶。

「我之所以纏著繃帶，單純只是因為受傷而已。」

咦？好普通的理由──我原本是這麼想的。

「哼嗯～那受了什麼傷，還有受傷的理由講來聽聽吧？」

村征學姊雖然對妖精的問題有點納悶，但還是回答：

「我想你們都知道，直到不久之前為止，我陷入低潮。完全無法寫出戰鬥系小說。」

「嗯，然後呢？」

「當我撰寫小說時，總是會自己定下一個截稿時間。」

「嗯，然後呢？」

「每當我沒遵守截稿日期時，就會把指甲拔掉。」

席德聽完，就從鼻子跟嘴巴裡噴出啤酒。

「咳咳咳……！」「咳嘔咳！咳嘔嘔！」

我也把剛放進嘴巴的蝦子吐了出來。只有妖精勉強保持鎮靜。

「大、大致上跟本小姐預測的答案差不多……看、看、看吧？你們也聽到了吧。」

「啊、嗯……」「……是。」

我跟席德有氣無力地點點頭。

……以前我曾經把妖精評為「會對讀者耍傲嬌的作家類型」。

看來千壽村征是個「會對小說發作病嬌的作家類型」啊。

村征學姊以妖艷的眼神，看著纏滿繃帶的手指。

「我認為所謂的截稿日，是為了創作出有趣作品，而用來規範自己的事物。確實定好期限，才能夠創作出優秀的作品。拖拖拉拉才寫出來的故事，從來沒有一個是有趣的。」

「就算這樣，我想也沒必要拔掉指甲吧。」我這麼說著。

「過去曾有個偉大的作家，每當他超過期限，就會切斷一根自己的指頭。從腳趾頭開始，他把八根指頭奉獻給了創作。既然他的作品背負如此龐大的風險，想必一定是非常優秀的創作吧——很遺憾地，我沒有辦法做到那種地步。」

此時學姊雙頰紅潤地偷瞄我一眼。

「因為我不希望讓喜歡的男孩子嚇到嘛。」

但是我已經嚇到退避三舍了。

「征宗……如果你成為村征的專屬小說家，你就慘了呢。總有一天絕對會被拔指甲的喔。」

「…………不要講那麼可怕的事情。」

喀噠喀噠。我的膝蓋有如剛出生的小鹿般不停發抖。

啊啊啊啊啊啊啊～～～～～～太好了！還好有拒絕……！

情色漫畫老師！我愛死妳了！真多虧妳阻止我！

「所以啦——國光，你懂了嗎？」

「……是的。我也……完全明白兩位想表達的意思了。」

席德似乎也因為剛才的衝擊從酒醉中醒來。並且苦笑地說著。

「的確，看來我們完全沒有擔心的必要。」

「為、為什麼！我完全搞不懂耶！」

「呃，所以說重點就是——」

妖精瞇起眼睛，一臉厭煩地說：

「像妳這種瘋狂小說家，怎麼可能會真的放棄寫小說嘛。」

「……什……」

「反正妳馬上就會忍耐不住，又開始寫起小說了。」

「我、我是真的打算放棄——」

「妳撐不過三天的。要本小姐跟妳打賭也無所謂。」

妖精這麼斷言，並伸出三根手指給大家看。

村征學姊把小嘴撇成ㄟ字型，以不高興的聲音說：

「征宗學弟……你的想法也一樣？」

「嗯，因為學姊跟我是同類嘛。」

「唔……」

「等妳睡醒之後，就會改變主義啦，一定會的。」

「…………講得好像我是個笨蛋一樣。」

難道妳覺得自己不是個笨蛋嗎？

她嘟起來的嘴唇，還真是可愛。

「……………學弟，你好像一臉有話想說的表情。」

妖精說得沒錯，我想只要經過三天，學姊就會馬上又開始寫起小說。
我也沒說錯，只要睡一覺起來，說不定她自己都會忘記曾經講過不再寫小說這種話。
根本不用去擔心千壽村征，也從一開始就沒擔心過。
但是……
「嗯。的確有話想說——或者該說，有些事情想讓妳知道。」
「……那、那是？」
「自己寫出『世界上最有趣的小說』的方法。」
吃完午餐後，我跟村征學姊一起回到自己的房間。
裡頭有著書桌跟床鋪，是十分簡樸的裝潢。
走進房間，學姊開口第一句話就是：
「征宗學弟，剛才吃飯時說的那件事……是什麼意思？」
「就是要告訴妳這件事，才把妳叫來我房間啊。稍微等一下……喔，有了有了。」
我從背包裡，拿出A４大小的信封。
「鏘鏘。妳猜這是什麼？」
接著拿給村征學姊看。
「啊！那、那是！」

學姊發出激烈的反應。她瞪大眼睛，看起來十分動搖。

啊啊……果然是這樣。

我獲得某種確信後，就從沉重的信封中，把裡頭的東西拿出來。

那是五十張以上用和紙製成的信紙。以直行寫著『給和泉征宗的信』。

「這是我珍藏的讀者來信喔！」

「…………是、是是是、是嗎…………喔……讀者來信……呢。」

學姊顯得無比慌張。額頭直冒冷汗，眼神也不敢跟我對上。

我雖然察覺到那個理由，但還是不管她繼續說下去：

「這是每當我發售新刊時，總是會寄來超熱烈的讀者來信的人——這次當《世界上最可愛的妹妹》的短篇在雜誌上刊載之後，也馬上寫了大量的感想寄過來。妳看，有五十張信紙的分量耶，很厲害吧。還附上用彩色鉛筆畫的插畫喔。」

「你、你都把讀者來信隨身攜帶著嗎？」

「因為想拿來跟大家炫耀啊——不過一半是開玩笑的。這也才剛寄到編輯部而已。為了想早點閱讀，所以我就帶過來了——總之，這是三個理由的其中兩個。」

「……最後一個理由是？」

「為了拿給學姊看。」

「！」

學姊不停地眨眼。因為我幾乎可以猜出她這個可說是自己高階版本的反應（雖然偶爾還是會搞不懂），所以實在非常有趣。

「哼、哼嗯……也、也就是說……那個讀者來信跟『世界上最有趣的小說』的寫法，有什麼關聯性吧。」

所以才會想讓自己看讀者來信。

學姊似乎就這麼湊合著解釋了。雖然是有關聯，但不只是這樣而已。

明明就已經稍微察覺到了……這人還真是可愛。

「所謂的『世界上最有趣的小說』，就是對自己而言，能夠在一百分滿分裡頭拿到一百萬分的有趣書籍——學姊妳是這麼說的吧？」

「是啊。」

「然後靠自己親手把它寫出來就是妳的夢想——之前也這麼說過。我真的覺得這是個很遠大的夢想喔。所以我也試著思考，自己又是如何呢？」

我注視著自己的手掌。

「那個夢想，我自己是否也能辦到……於是就試著寫寫看。」

「你是指自己有沒有辦法，寫出『世界上最有趣的小說』……？」

「嗯。」

我點點頭。

「也沒什麼好隱瞞的，集訓中我交給學姊的小說，就是實驗的成果。」

「——————」

她睜大眼睛。然後身子向前探出後慌忙地問：

「然後呢？寫出來了嗎？寫出對你而言是『世界上最有趣的小說』了嗎？結果怎麼樣了？」

我單手壓在後腦杓上，笑著回答：

「還是不行。」

「什……！」

村征學姊滑了一下。我「哈哈哈」的笑著。

「哎呀，完全按照自己的喜好，只為了唯一一個幾乎跟我有著相同感性的人，隨心所欲地撰寫的話——本來以為可以辦到的。結果還是太天真了。這個夢想，看來不是那麼簡單就可以達成的事物啊。」

就算不用仔細思考，這種作法其實跟村征學姊平常就在實行的方式幾乎沒什麼兩樣。想要寫出對自己而言是「世界最有趣的小說」的話——也許這種方式是辦不到的。

這次讓我了解這點。

村征學姊看起來十分失落，她垂下肩膀嘆氣。

「唉……什麼嘛……害我空歡喜一場……」

「抱歉……不過啊，果然還是跟我想的一樣。」

這次換我探出身子，注視著她這麼說：

「雖然寫出來的不是『為我而寫的小說』，對我而言也不是『世界上最有趣的小說』，但即使如此，我還是高興得有如拿到一百萬分一樣喔——」

「因為妳……看得很開心啊。」

「——————」

她再度眨了好幾次眼睛。

「你是說……」

「所以那時候，我才會對妳說謝謝。」

無論如何，都想傳達給她。

「這封讀者來信也一樣喔。這個人，雖然似乎還是個國中女生——但她說自己最喜歡我所創造的角色了！然後啊，還說想要閱讀更多的後續劇情！這讓我超……！開心的——心情也好到翻天了——如果要用分數來形容，那就算有一百萬分也不夠呢！」

「！」

村征學姊瞪大了雙眼。

「這就是……你所說的？」

「沒錯，這就是『世界最有趣的小說』的寫法——不過雖然這麼說，這跟學姊的夢想也許還是不一樣。但是，我比較喜歡這樣的夢想。只要有肯閱讀我寫的小說，能夠對我說很有趣的人在，那麼蘊藏其中的價值就不會輸給我或學姊的夢想。」

「…………」

學姊聽完後思考了許久。我想，她大概不太能理解吧。

因為這個人，從來沒有在意過讀者的感想。

即使如此，我還是想傳達給學姊知道。就算擔心她也沒用，就算反正放著她不管，她也會再次找回夢想，擅自隨心所欲地開始寫起超有趣的小說。

「我說學姊，光是達成一個夢想而已就放棄，是很浪費的喔。」

只要稍微看一下周圍……

——寫出『究極的輕小說』，藉以征服世界！

——總有一天我想跟食品公司進行合作企畫，讓我所想出來的角色或點心被擺在便利商店裡頭，這就是我現在的夢想。

——我的夢想就是寫出「世界上最有趣的小說」！

——把妳帶出房間，兩個人一起觀賞動畫！

無限的夢想隨地可拾。也埋藏著許多的寶物。

我想告訴這位年紀比我小的前輩，所謂的創作就是這麼一回事。

只不過我真的很不會說話，所以實在不覺得有頭尾連貫的傳達給她。

然後……

「還有一點，無論如何都想告訴妳。從很久很久以前，我就這麼想了。」

「咦？很、很久很久……以前就……？你跟我第一次見面是……」

是最近才見面的。我知道。

但是，不是這樣的。

從很久以前開始，我就認識妳了。

「寄這封讀者來信給我的，就是學姊吧？」

「！」

讀者來信的寄信人，寫著一個很可愛的女孩子名字。

她跟第一次給我感想的「那個人」——對我作品的喜歡程度，說不定不相上下，也是個會持續寄讀者來信給我的難得的讀者。

真是嚇死人了。沒想這位就是——我的同行，也是偉大的前輩，千壽村征老師。

「……你、你……你是……什、什麼時候知道……」

「之前妳不是把《幻刀》第十二集的手寫原稿寄給我嗎？因為筆跡相同，所以馬上就發現了。能把字寫得這麼漂亮的國中女生又是我的書迷——怎麼想都只有一個人而已。」

「……啊……」

「而且我當然會發現呀。因為從出道開始，妳是第一個寄信給我的人嘛。所以我反覆閱讀了無數次，讓我能打起精神。不管是沒辦法出書感到痛苦時，還是書的評價不好而氣餒時，都讓我覺得要再努力奮鬥。為了讓這個人能夠開心，就不能氣餒，得提起幹勁繼續撰寫小說。也讓我能夠抬頭挺胸地宣稱我的小說很有趣，能夠寫出來真是太好了。」

「……我……我不是想要這樣……才……寫的。」

村征學姊在我面前變得滿臉通紅。

看到這情景，我的臉頰也快速地火熱起來。

果然面對面這麼說，真是令人害羞。

「那個……所以……就是……」

簽名會的時候，光是面對男性書迷都會這樣了，面對像她這樣的美少女，當然更加緊張。

啊啊可惡……明明事先做好心理準備了——可是卻口乾舌燥地沒辦法好好講話。

所以，也許會變成很奇怪的笑容。

「謝謝妳總是支持我。」

從出道時開始，就一直懷抱在內心的感謝，終於傳達給本人。

她驚訝地瞪大眼睛，最後微微地點頭。

「嗯。我才是，非常謝謝你。」

回應給我非常溫柔的感謝。

「……………………」

「……………………」

和諧的沉默，充滿在房間裡。

跟我很相似的這個人，有著心靈相通的感覺。

先開口的人，是村征學姊。

「我本來一直以為……夢想，只能是一個人一個而已。但是，不是這樣。」

村征學姊害羞地說：

「就算夢想實現了，其他夢想……也會接二連三地無限湧現……所以就算我擁抱許多的夢想……也沒有關係。只要能實現許多夢想就好了。」

「那當然啦，大家都是這樣子。學姊妳平常果然都少根筋呢。」

當我笑著這麼說。學姊也說著「真的呢」然後笑了。

「所以？學姊——妳不寫小說了嗎？」

「喂喂，征宗學弟。誰講過那麼隨便的宣言了？我是不可能放棄寫小說的吧。」

「說完『不寫了』之後，連半天的時間都還沒經過喔！」

「哈哈哈哈，那個亞人物種的預言，看來大錯特錯了呢！」

「就連妖精也沒有想到會這麼短暫吧！」

雖然我很清楚就是了！不管是這種反應！還是這種結局！

因為我跟這個人，十分相似嘛！

「好啦，因為這樣。雖然我的夢想，就像是已經藉由你的筆而達成了………」

她拿起鉛筆在手上轉動。那漂亮的姿勢，是會讓人看得入迷的小說家身影。

「我決定了，征宗學弟。」

「決定什麼？」

「『寫出世界上最有趣的小說』、『把它拿來給自己閱讀』——這個夢想這次要重新由我自己親手達成。仔細想想，既然征宗學弟不可能成為我的『專屬小說家』，就無法期望『世界上最有趣的小說』能有安定的供給，所以不夠的部分，果然還是得由我自己撰寫才行。」

「這點事情一開始就要發現了啦。」

而且我只說會偶爾幫妳寫喔。

無視我的責難，學姊豎起一根手指。

「然後就是現在，我找到全新的夢想。」

「哦，什麼樣的夢想？」

千壽村征的「全新夢想」。實在無法不在意。

「嗯嗯——我的『全新夢想』……是我自己一個人，絕對無法達成的事情。」

她的臉頰害羞地染上紅暈，然後浮現出充滿自信的笑容。

「雖然詳細內容沒辦法告訴你……呵呵，說得也是。」

第一次展露的表情，有如極度凶惡的夢想少女。

接著她把鉛筆的尖端朝向我。

「目前的話，就先讓你喜歡上我吧。」

這是彷彿要壓潰我的夢想般的可怕夢想。

第四章

集訓結束後，我獨自一個人雙手抱著伴手禮，歸心似箭地走在通往闊別兩天的自宅路上。

其他成員們在機場就道別了。村征學姊與席德先不說，如果問我為什麼沒跟妖精一起回來的話，那傢伙跟著哥哥克里斯先生，在機場直接回老家去了。與其說是因為暑假，不如說是配合克里斯先生的行程吧。畢竟妖精她不管有沒有暑假，也完全沒去學校上學。

——不要啊！跟哥哥一起搭飛機，就會被迫一直工作了！

那傢伙淚流滿面地，被拖往國際線的登機門。

不過，那種事情對現在的我而言，已經無所謂了。

「唔喔喔喔……！要快點回去才行……！」

說到我為何要這麼趕著回家，雖然當然是想早點跟妹妹碰面——不過還有另一個原因。

早上，紗霧傳來這樣的簡訊。

——哥哥，今天……你會幾點回來呢？

「唔！怎麼可以有如此可愛的簡訊……！」

說不定，紗霧也想早點見到我，所以才會傳來這種簡訊！

雖然自己也明白這大概沒什麼深遠的含意！可是，希望大家理解我這個因為些許可能性而欣喜若狂的哥哥心！

我有如少女般心跳不已，一走出五反野車站就直接往家裡衝刺。

這麼著急也有了回報，我比告訴紗霧的預定時間，還要提早許多回到家中。

當我從玄關前抬頭往二樓偷瞄一眼時——

就看到戴著動畫面具的情色漫畫老師，從「不敞開的房間」窗戶另一頭看著我。

「……………………………………」

因為這情景實在太超乎常理，所以讓我看得目瞪口呆。

？？？當我頭上大量冒出問號符號時，唰！窗簾突然被關上，情色漫畫老師的身影也消失無蹤。

「…………………剛、剛才那是怎麼回事？」

首先，紗霧平常絕對不會打開那扇窗戶。

可是偏偏就在今天把道路這邊的窗簾打開看著玄關，光這件事就很奇怪。

為什麼是「情色漫畫老師」的打扮也很不可思議。

這有如謎團般的情景，威力大到能把我興高采烈的情緒吹熄。

「…………進去吧。」

一直待在原地也不是辦法，無可奈何之下我只能打開玄關大門，把行李放下。

然後朝著二樓大喊：

「我回來了！」

——哥哥，歡迎回來。

很遺憾地，沒有聽到這種回應。

「……………………嗯，實際就是這樣吧。」

我感到十分沮喪。

畢竟妹妹從來沒有對我說過「歡迎回來」這句話。

我也很清楚。

只是——

——哥哥，路上小心。

因為她在去集訓之前對我這麼說過。所以說不定這次可以……就讓我有了期待。

「太天真了……嗎？」

我說出自嘲的話語，並且走上樓梯。

叩叩，我對「不敞開的房間」輕輕敲門。

「紗霧，我回來了。伴手禮放在這——裡。」

我的台詞，在中途就被打斷。因為「不敞開的房間」大門，正緩緩地打開。

「哎呀。」

為了不妨礙開門，我慌忙地後退一兩步。

最終房門整個打開，跟剛才從窗戶看到的相同，穿著連帽外套又帶著面具的情色漫畫老師，出現在我面前。

「…………………………」

我被「他」——被情色漫畫老師這股奇妙的魄力震攝，所以無法自己開口對她說話。

結果，情色漫畫老師一開口，就發出藉由機器改變的不滿聲音：

「……為什麼……你要回來？」

「…………………………………」

怎、怎麼這樣……太過分了……

我因為受到過度打擊，眼角泛出淚光。沒開玩笑，真的就快哭出來了。

情色漫畫老師看到這情況，慌忙地不停揮著手。

「不、不是那個意思……那個，就是……」

雖然講得結結巴巴，但她還是努力地大聲說出：

「我是說，為什麼你，會那麼早回來！這樣！」

「咦……」

啊、啊啊……是這個意思啊。嚇死我了。這麼說來，我比告訴紗霧的回家時間，還要提早許多到家。她是問我這個啊。

「問我為什麼喔……那當然……是想早點見到紗霧啊。」

我老實回答。

「！」

情色漫畫老師的肩膀非常激烈地抖動了一下。

「哼、哼嗯？是、是這樣啊。」

因為她帶著面具的關係，所以無法觀察到底下的表情。

「唔嗯……唔嗯嗯……為什麼……要這樣……」

她沉吟一下後，開始小聲地自言自語。

「咦，什麼？我聽不到喔。」

我輕輕地把耳朵湊到情色漫畫老師身邊。

結果——

「！」

情色漫畫老師突然顫抖一下，發出激烈的反應。

咚！她用力地把我的胸膛推開。

「不、不要靠近我！」

「什……」

大受打擊！我遭受到人生中最高等級的強烈傷害。當然這不是指被推開的痛楚，而是被最喜歡的妹妹拒絕的事實造成的。

「……我、我有……做了什麼，讓妳生氣的事情嗎？」

「嗚……」

情色漫畫老師的身體在一瞬間產生不自然的僵硬，接著她用力搖搖頭。

「完、完全……沒有。」

「是、是嗎？」

那就好。

「那麼——」

「但是，現在不要靠近我！現在！立刻！離開家裡到外頭去！」

「咦咦！為、為什麼啊！」

是有什麼不能讓我待在家裡的理由嗎？是、是這樣吧？應該不是「因為我討厭哥哥，雖然沒有做出什麼讓我生氣的事情，但是不要靠近我」這種意思對吧？

「……沒、沒為什麼。總、總之三十分鐘以內不可以回來。」

這個語氣聽起來實在太過迫切了。

「…………我知道了。」

我乖乖地聽從妹妹的要求。

我無精打采地在附近散步一下後，就回到自宅旁邊。

「……嗯唔。」

我老是搞不懂，妹妹到底在想些什麼。如果是有好好當哥哥的人，應該就不會有這種煩惱了吧？

不過，看起來不是因為討厭我才說出「不要靠近我」這句話，所以這部分應該可以放心……只不過還是很在意理由。

當我思索著這些事情時，突然注意到一件事。

「……嗯？」

家裡後頭冒出了蒸氣。剛好就在浴室附近。

我擺出有如可疑人物的動作，從玄關繞進圍牆裡頭。接著發現浴室的電燈是開著的，而且蒸氣果然是從微微打開的窗戶裡冒出來。

「……紗霧那傢伙，正在洗澡……嗎？」

紗霧只要有自己以外的人在家裡，就無法走出房間。

所以為了洗澡，才把我趕出家裡──是這樣嗎？

……不過為什麼要特地在這時候洗澡。

「……再說，至少要把窗戶鎖上啊。好好確認一下嘛。真是太沒警覺了……」

為了以防萬一，也許我還是該在這裡看守，不要讓她被偷窺比較好。

「…………………………………………」

先說好，「我自己來偷窺好了」這種事情，我可是半點都沒有想過喔！

真的沒有想過喔！

又經過十分鐘──當我覺得差不多了吧，然後抬頭看著自己家時，紗霧傳來「可以進來了」的簡訊。該怎麼說，文明的利器還真是方便呢。

「好好好。」

我抓了抓在待機時被蚊子叮的手，走進家裡，爬上樓梯。

接著再次敲敲「不敞開房間」的門。

「紗霧，我進來嘍。」

房門伴隨著嘎吱聲開啟，這次是沒戴面具的紗霧出來迎接我。還穿著跟剛才不同的連帽外套。

「…………久、久等了。」

「喔、喔喔……妳去洗澡了呢。」

紗霧身上正冒著暖烘烘的熱氣。

……剛洗好澡的妹妹……嗎？

「不、不要盯著人家看！」

「抱、抱歉。不過，好不容易冷靜下來，因為看到紗霧的臉了。」

我感到臉上一陣火熱，臉紅心跳地轉移視線。

「紗霧，我回來了。」

我重新說出口。紗霧「嗯、嗯嗯」害羞地點點頭，然後好像想說些什麼，忸忸怩怩地抬頭看著我的臉。

「呃……」

察覺到這點後，雖然我想促使她能說出口——不過到底是什麼呢，真搞不懂。

總之，為了不讓對話中斷造成氣氛尷尬，我就先把想講的話說出口：

「妳洗澡時，浴室的窗戶和鎖都開著對吧。這樣不行喔，要在開始洗之前就確認好。不然萬一有可疑人士偷窺浴室的話——」

「…………………為什麼你會知道？」

「……咦？」

「為什麼，哥哥你會知道，浴室的窗戶，沒有鎖上呢？」

糟、糟了……！

「那……個……是因為……」

「是因為？」

紗霧用懷疑的眼神，直直盯著我看。

唔……！萬一回答有誤，好不容易建立到這種程度的關係，說不定會一口氣崩壞！

而且啊，這如果是在輕小說裡，一般都是跟女孩子們集訓的途中才會有這種事件吧！為什麼回到家裡以後才發生啊！

我必須仔細注意別讓她從聲音裡聽出我的動搖，並且認真回答才行。

「我並沒有偷看妳洗澡，只是剛才看到浴室的窗戶沒有鎖上而已。絕對不是跑去偷看妳的裸體。」

「我、我知道了啦，不要再說了！」

雖然避免了誤會，但結果還是惹她生氣了。

「抱歉……不、不過，為什麼要現在洗澡？」

「……因為……我一直在畫圖……從前天，就一直……所以……」

「所以？」

「不、不要讓我說出口啦！只要是插畫家，大家都是這樣！這是常有的事！不、不是只有我才這樣啦！」

「什、什麼事情啊！」

「無所謂啦！不要在意！」

既然她都這麼說了，我也沒辦法繼續追問下去。

唔，這真是個謎題。

從前天開始，就一直在畫圖的插畫家，相隔幾天後跟哥哥重逢。

此時，她要在見面前先去洗澡。

還喊著「不要靠近我」拒絕哥哥，把他趕出家門外。

現在問題來了——這到底是為什麼呢？

提示——紗霧說，只要是插畫家，這似乎是常有的事。

我還是完全搞不懂。就算用猜謎的方式條列式整理出來也一樣。

「咳咳。」紗霧像是要重振精神般可愛地輕咳一下。

「總之……我一直都在畫圖。」

「那個……難道是《世界上最可愛的妹妹》的插畫？」

「嗯，總算完成了。」

紗霧自豪地挺起單薄的胸膛。

說到紗霧所畫的插畫，似乎就是去集訓前，她說過要集中精神繪製的那個。不過這時紗霧卻突然變得無精打采。

「……但是，卻來不及……真抱歉。」

「？為什麼要道歉？還有，妳不是說插畫已經完成了嗎？這不就來得及了嗎？」

「插畫是來得及……不過不是這樣……不是只有這樣……」

「什麼意思？」

這是指還有其他「應該要來得及的事情」的意思吧。

當我疑惑地詢問時，紗霧「嗯唔唔……」的煩惱一陣子後，用幾乎快聽不見的聲音說：

「……還不能，告訴你。」

「是嗎？那也沒關係。」

「咦……沒關係嗎？真的不問嗎？」

紗霧感到意外地抬起頭來。我點點頭說：

「沒關係啦，只是會在意而已。」

如果不能說的話，我就不問了。

「是嗎……沒關係啊。」

紗霧看起來鬆一口氣的樣子。

看到妹妹這樣，我就把一直拿在手上的紙袋遞給她。

「來，這給妳。是集訓的伴手禮喔。」

「啊……」

紗霧睜大眼睛，發出開心的聲音。

「難、難道說，是小妖精的褲襪？」

「才不是！我說過是集訓的伴手禮吧！」

「咦～」

「不要一臉不滿啦。因為島上當地沒有賣禮品的商店……所以是回到本土才買的東西……但、但我可是很拚命挑選了喔。」

我像是催促般搖晃著紙袋。

紗霧把它接下，抱在胸前。

「……一起進來吧。我給你看……已經完成的插畫。」

我和妹妹在「不敞開的房間」裡，面對面坐著。這是自從她肯讓我進入這個房間以後，就固定下來的位置關係。

「那個……你看，這個。」

「喔……這是！」

一走進房間，紗霧馬上拿給我看的是……

「這不是第一集的封面插畫嗎！」

「不只是這個而已……還有其他的……」

「其他的也有！」

紗霧在目瞪口呆的我面前，把手指在平板的畫面上滑動，讓我觀看好幾張插畫。有彩色拉頁的插畫，還有黑白插畫等等。

「喔喔……喔喔……好厲害！終於完成了嗎！」

我無比興奮地看著這些插畫。

看到自己寫的小說插畫完成，對作家來說是最開心的事情之一。

「咦？不過，怎麼插畫的數量好像比平常來得多？而且，突然就拿出完成品這是……」

「那、那是因為啊。就是……我採用了跟平常不一樣的工作方式喔。」

從紗霧結結巴巴的說明聽來，「情色漫畫老師的工作進行方式」通常是先跟編輯（以郵件）商量，接著把要畫的插畫決定到一個程度之後，就畫好原畫草稿送過去，以此為基礎，再把作者也請來一起討論插畫的相關事宜。

討論完畢後，再開始繪製實際要使用的插畫——似乎是這樣的流程。

這樣的流程之下，就會產生出不採用的插畫。

可是，紗霧這次跳過了繪製原畫草稿這個步驟，直接畫出已完成的插畫稿。所以就連本來可能會在草稿階段就不採用的插畫，也像這樣直接完成。

「因為我想……哥哥會不會因此嚇一跳。」

「那當然會嚇一跳啊！」

因為平常總是在草稿階段「就知道會完成什麼樣的插畫」了。

喔喔，好厲害！不過雖然這麼想，卻不會有「沒想到這個角色的這個場景竟然會畫成插畫！」這種感覺。

「嘿嘿…………太好了。我就想看到這種表情。」

紗霧像這樣微笑的表情使我無法直視。實在太可愛了，讓我感到有點暈眩。

「因為這次這些就是原畫草稿了。所以你就當成這樣來看吧。」

「哇啊，是這樣嗎！有二十張左右，應該沒辦法全部刊載上去吧——太可惜！實在太可惜了！」

「……等聽完編輯小姐跟和泉老師的意見後，可能還得進行修改…………那個……所以要好好『監修』喔。」

「等等！這可能得花上不少時間！這裡是女主角初次登場的劇情所以不能不放，這邊我覺得大家也會想搭配插畫閱讀吧……啊啊！但是，要我選出哪張插畫不採用，實在選不下手啊！因為全部都超可愛的！怎麼辦！好困擾！」

我發出開心的哀號。這下子今晚得花點時間，跟編輯好好商量後來決定才行！

很好！當我這麼提起幹勁時。

「那接下來，輪到哥哥了。」

「咦？」

「集訓期間發生過哪些事情……請你仔細地，告訴我。」

紗霧說出這句話時的眼神，總覺得蘊含著奇妙的魄力。

「雖然妳這樣問……不過集訓時發生的事情，我應該已經用Skype跟妳報告過了不是嗎？」

「……有些事情，你應該沒說吧？」

為何這台詞講得好像在逼問對方有沒有外遇一樣啊。

我把視線從妹妹臉上移開，看著右上方。

「嗯——是沒錯，雖然是沒有把所有發生的事情都告訴妳。但是非得特別向妳報告不可的事情——」

「泳裝。」

她乾脆地丟出這句話。

「小妖精跟小村征的色色泳裝，你看過了吧。」

「…………………………」

冷汗有如泉水般噴出。

看過啦！不管是妖精或村征學姊都超色超可愛的啦！

老實回答的話就會變成這樣，但怎麼想這都不是正確答案。怎、怎麼辦……

「裝傻也沒用。這裡有證據。」

紗霧把證據照片顯示在平板電腦上。

穿著泳裝的我與妖精，坐在沙灘椅上愉快地談笑風生，畫面邊緣還稍微出現了村征學姊的身影。

這看起來明顯像是和泉征宗老師，被山田妖精老師的泳裝迷得神魂顛倒的樣子。

「……！這、這、這這這、這張……照片是……？從、從哪來的？」

「小妖精的推特。」

「那傢伙真的不要開這種玩笑好嗎！這是數位相機的定時攝影還是什麼嗎！太過分了！竟然擅自拍攝我的泳裝，還在網路上公開！」

說起來，那傢伙公開自己穿著色色泳裝的樣子，都不會覺得不好意思喔？

再說，她就這樣子把外表公開，然後在推特上寫些我是她的男朋友或是交往中的妄想發言喔。

妖精說起來也是個自己跟他人都公認的美少女，我會不會被她的粉絲殺掉啊？

雖然被各式各樣的不安所圍繞，但現在最恐怖的還是眼前的紗霧。

「哼嗯……你被小妖精的泳裝，迷得神魂顛倒了嘛。哼嗯──」

可惡！沒辦法像平常一樣用「我說沒有就是沒有！」這招來拗過去！要、要想些辦法來矇混才行……！

「沒錯！我的確看妖精的色色泳裝看到入迷了！但、但是啊……」

「但是？但是什麼？說來聽聽啊？」

我陷入極度的焦急，於是衝動之下就脫口而出：

「比起妖精，村征學姊的泳裝更厲害啊！」

「什麼！」

糟了！一著急又講出奇怪的話了！

這下子要被遊戲手把敲打了──當我這麼想時，紗霧的反應卻是這種感覺。

「難、難道說！是、是比那個更色的泳裝！不對，是胸部……是胸部嗎！我本來就一直覺得她脫了之後一定非常雄偉──不、不對啦！」

紗霧激烈地搖頭，然後哈啊哈啊的喘著粗重的呼吸看著我。

「哼、哼嗯！哥哥你不只是小妖精的胸部，就連小村征的胸部也看得入迷了！哼～～～～～～～～～～～～～～～～～～～～～～～～～～～～～～～～～～嗯！」

話說，為什麼紗霧會這麼生氣啊？

因為哥哥是個沒出息的色狼嗎？還是說——

「難道說，妳……在嫉妒嗎？」

「唔耶？不、不、不素！」

啊哇哇——紗霧超級手足無措。我看到這慌張的樣子，在確信之下開始追擊。

「絕對沒錯！妳絕對是認為『竟然只有我看得那麼爽』，所以開始嫉妒了吧！」

「才——」喀嚓

「才不是啦！哥哥你這笨蛋！」

「哇啊！」

看來這在各種意義上都不是「正確答案」——紗霧特地把麥克風的開關打開並放聲大喊之後，就變得滿臉通紅，整個人非常不高興的樣子。

「唔……唔嗯……然後？」

「然後？……妳是指？」

「還有吧。國王遊戲的時候也是，對突然脫起衣服的小妖精，或是沒穿內褲的小村征，你也都臉紅心跳的吧？」

「那些不都是妳叫她們脫的嗎！」

為什麼反而是對我發脾氣啊！這也太沒道理了吧！

「那、那個……不是我……雖然是我，但實際上不是我嘛！」

另一個自己——她想要說那些都是情色漫畫老師幹的吧。

真是嶄新的藉口。

「總之……哥哥你不可以看其他女孩子的泳裝看到神魂顛倒！」

「……你、你很喜歡……對吧？就是我……」

「……嗚……咕……唔……」

這句話實在是殺傷力驚人。也是我最大的弱點。無論如何，只要被這樣一說，我就只能滿臉通紅地點頭了。

「是、是啊……雖然被妳甩了。」

「……………」

「……………」

令人無比害羞的沉默，橫跨在我們兩人之間。

讓人感到害躁，但又酸酸甜甜，並且暈頭轉向——

紗霧是否也變得跟我一樣呢。

最後，不知道經過了多久呢……紗霧像是下定決心般開口說：

「……想、想看嗎？」

「咦？」

「我——」她瞬間臉紅，「我的……泳裝……」

「什……！」

紗霧的眼神微泛淚光，並且像感冒一樣，呼吸也很紊亂。

「那當然……」

雖然自己也不太確定，但感覺現在絕對不能說謊。

「想看啊。」

喜歡的女孩子穿上泳裝的樣子，不可能會有人不想看的吧。

「是、是……這樣啊……想看啊……我穿泳裝的樣子……………哥哥好色。」

「是、是妳要我講的啊！」

為什麼……我的妹妹會這麼不講理啊！

「但是，我也不會因為這樣，就想立刻把妳帶去海邊喔。」

就連房間都還無法走出來，要是突然就去海邊的話，目標也太跳躍了吧。

不過，既然她會這樣問我的話……想必是很想去海邊吧。

其實她也想跟著我們去集訓吧。

像個普通的女孩子一樣，穿著可愛的泳裝在海裡游泳——也許她想度過一個像這樣的夏天。

不，一定是這樣。

但是，她卻推了哥哥一把，自己孤獨一人留下來看家，只為了我們的夢想，努力地繪製著插畫。

這樣的話……我身為一個哥哥，要怎麼做才好。

我能夠為這個想要享受夏天，又沒辦法走出房間的妹妹做些什麼呢。

「……………」

又經過些許的沉默。我迷惘了一陣子後這麼說：

「……紗霧，妳把我剛才給妳的伴手禮打開看看。」

「咦？」

「別多問了，妳就看看吧。」

在我的催促之下，紗霧雖然感到困惑，但也「……嗯」的點點頭，把手伸進紙袋，拿出裡頭的盒子。

「把盒子打開看看。」

紗霧默默地照我說的做。妹妹用她嬌小的手，把裝伴手禮的盒子打開。

從裡頭拿出來的東西是……

「……………草帽？」

「嗯……嘿嘿，很有夏天的感覺吧。」

我笑著抓抓後頸。

「雖然我只能做到這點程度的事情……而且說不定，這種伴手禮會帶來反效果，反而讓妳變得更加難過……不過如果有一天，妳變得能夠走出家門的話——」

「我們一起去海邊吧。」

「————」

紗霧睜大眼睛並且動也不動。我說的話，有令她這麼意外嗎？

還是說，這個蘊含著想把自己帶出去的想法的伴手禮，對她只是添麻煩的東西呢？

我嚥下口水。

「…………」

紗霧驚訝地眨眨眼睛，然後就全神貫注地盯著帽子看。

「……哥哥。」

「咦？」

接著她緩緩地，把手伸往連帽外套的拉鍊——

接著慢慢地拉下。外套底下露出晶瑩剔透的雪白肌膚——

「嗚哇啊啊啊啊啊啊啊啊啊啊啊！」

我伸出雙手大喊著。

「紗、紗紗紗、紗霧！妳怎麼——」

這是什麼無法預測的發展！是夢嗎！我是在作夢嗎！

突然脫下衣服，展現裸體，她到底在想些什麼——

我用力地閉上眼睛，並且無法動彈。結果……

「不、不要有色色的誤會……只是……裝……只是泳裝！」

「耶？」

泳……裝？

失控的腦袋，稍微恢復了點平靜……我戰戰兢兢地微微睜開眼睛。

出現在眼前的，是穿著白色比基尼的紗霧。

白銀秀髮與純白的肌膚，以及與這些同色系的泳裝——

真是連天女的羽衣也略遜一籌的神聖感，完全沒有熱帶裝扮的形象。

「……為……什…………」

我的眼神無法離開出現在面前的景象。

因為，這是我喜歡的女孩子的泳裝打扮。在南方島嶼所見過的妖精或村征學姊的泳裝，都漸漸被紗霧的泳裝侵蝕並且覆蓋過去。

「為什……會穿這……裝扮……」

我勉強把能夠給人聽懂的話說出口。

「……這個…………就是…………嗚嗚…………」

紗霧滿臉火紅，連帽外套也整個滑落到肩膀。

此時她緩緩地把草帽戴上——

「……如、如何，適合嗎？」

她直直盯著我這麼說。一臉害羞到自己都快忍不住的表情。

「————」

這樣叫我怎麼說得出話來。害羞到快死掉的人是我啊！

「啊……那個……」

當我迷惘於該說些什麼才好時，啪！紗霧把連帽外套重新穿好，藏起了泳裝。

「好！結束了！」

………………………………………………

難道說，現在這是……

對我送她這伴手禮的回答……這樣子嗎？

這是對「總有一天，我們一起去海邊吧」——的回答……我可以這麼認為嗎？

「不、不要用色色的眼神看我！快、快點出去！」

「喂、喂喂……我什麼都還沒說……」

「你還是別說了！感想等以後再說！等正式來的時候！」

看著硬要把我推出房間的妹妹，我「哈哈」的笑著說：

「嗯，我很期待喔。」

九月十日，星期天。

和泉征宗的新作《世界上最可愛的妹妹》的發售日，終於到來了。

對我和妹妹而言都是命運之日的這一天，我在ＪＲ秋葉原車站下車。

往四周環視，到處都有動畫或遊戲的角色出現在廣告看板上。跟東京其他城鎮完全不同，簡直可說有個「異世界」在此擴展開來。

「喔喔……這裡就是秋葉原啊。跟傳聞中完全相同耶。」

「好厲害……跟動畫裡看到的一樣……」

我跟情色漫畫老師齊聲發出讚嘆。獨特的機械語音，從我抱住的平板型電腦上發出。跟往常一樣，這是用Skype跟「不敞開的房間」連接。

我因為突然想到一件事而露出微笑。

「仔細想想……這或許，可以算是兄妹出來約會呢……」

「笨、笨蛋……色狼……你、你、你在說什麼啊……嗚。」

紗霧維持機械語音變回平常的語氣。

「再說，你、你還有心情開這種玩笑嗎？」

「不、不要把現實推到我眼前好嗎，情色漫畫老師！應該說，就是精神上沒有餘裕了才要講點玩笑話啊～」

「我、我不認識叫那種名字的人。」

在車站前對電腦講話的我，從旁人看來，也許只是個可疑人物而已。不，因為這裡是秋葉原，所以說不定沒那麼可疑？

不管怎麼說，也不能一直站在路中央。我跟妹妹就這麼以Skype聯繫，然後匆匆忙忙地前往目的地。

好啦，說到為什麼我會在新刊發售日的早上，來到秋葉原的話——

「哎喲，我說阿宗啊，為什麼你這麼晚才來我們店裡啊。店面的營業時間都已經快要結束了喔。而且你的新刊發售日是明天吧——嗯？因為擔心說不知道有沒有確實擺放出來，所以跑來查看？哈哈哈，真是～就跟你說過沒問題嘛！我可不會因為這跟超人氣作品《幻刀》第十二集同時發售，就在發售日當天把你的作品丟到架子上的啦！不過當然也不會給你什麼特別優待——只不過在我權限可及的範圍內，已經盡量多進點貨了。所以，書的內容可要回應我的期待喔！還有幫我跟你們的負責人講一下，當我們下新一批的新刊訂單後就趕快送過來啦！」

「啊，對了對了，告訴你一件好事情。不過這也是從我的書店同伴那聽來的情報——從明天起，秋葉原的某間書店，似乎要舉辦你的新刊發售會喔！真的真的！哎呀，不用那麼吃驚吧！好歹你也是『輕小說天下第一武鬥會』的優勝者吧。舉辦一兩個發售會也是理所當然的！如果覺得我唬弄你——啊不對，就算沒這麼覺得你也應該去現場看看喔。如果作者肯去看一下的話，我想書店負責擺設賣場的店員也一定會很高興！對吧？」

——昨天，我跟書店的招牌女店員智惠有過這麼一段對話。

因為這樣，我就找了情色漫畫老師，來個兄妹約會——不對，是「和泉征宗發售會」的現場視察。

我們走在鋼彈咖啡館附近，並且不停地東張西望。

電腦的鏡頭則朝向外側，讓情色漫畫老師也能看到秋葉原的街景。

「哥哥，那個，搭電扶梯上步道橋看看。」

「好好好，如妳所願。」

「那邊，那邊的那個，我在命運石之門看過。」

「喔～～是那個知名場景呢。」

我們像這樣偶爾繞路逛一下，同時往目的地所在的書店前進。

……然後，越是接近書店，我的腳步也漸漸地變得沉重。

「………………………………唉。」

我用力抱緊情色漫畫老師所附身的平板型電腦。

「啊……好緊張。好像快死了。」

「呃……事到如今才在那手忙腳亂也沒用啊。」

「我知道……但是啊……就是會不安嘛……」

我偷偷看一下筆電的畫面，只見情色漫畫老師把面具歪向一邊，露出原本的面孔。

「哥哥，你好遜。」

「唔嗚……可、可是。都已經是書店開門的時間了……一想到已經有人在閱讀我們的新刊……我的胃就痛到快受不了……」

因為是我深愛的孩子公開亮相的時候。

雖然很有自信，但還是會緊張與不安。

買來看的讀者們，可以看得開心嗎？這部作品可以獲得能讓它好好成為一部系列作繼續寫下去的人氣嗎……等等。

「來這裡途中經過車站內的書店時，也都沒有賣我的新刊……」

「那種地方的書店，只會進好賣的書而已啦。你看只有在出版社的宣傳單上大打廣告的招牌作品才會放在店頭對吧。沒進貨的又不是只有我們的書而已，不用那麼失落也沒問題啦。」

「是這樣嗎……會不會是書店店員判斷說，反正和泉征宗的新刊一定賣不好，所以就不下單進貨了……」

「真是……和泉老師你想法太消極了啦。只要遇到新刊發售日都會這樣子嗎？」

「一直都會這樣啊。」

只要是同行，我想大家應該都差不多吧。

「唉……那麼，哥哥。等你確認完賣場後，就早點回來喔。」

「咦？我打算偷偷在店裡觀察情況，直到看見自己的新刊賣出去為止耶。」

「不用搞那麼丟臉的事情也無所謂，快點回來啦。」

「丟臉的事情……對我來說是重要的儀式耶……那個，是有什麼要緊事情要找我嗎？」

「不要問了……等你回家就知道。」

「……這樣的話……我知道啦。」

我一邊進行這樣的兄妹對話，一邊低頭看著平板型電腦行走。正當就快要抵達目的地的書店時……

突然，有段對話跑進我們耳朵裡。

「妳們看，這本輕小說絕對很有趣！」

「書店裡也舉辦了發售會，插畫又超超超超級煽情可愛！絕對值得期待！」

——咦？

「！哥哥，剛才——」

啪！我慌忙地把臉從平板電腦上抬起，轉向聲音的來源。

這時就看到好幾個人，正一起從前方走過來。

其中一名女孩子，正把今天才剛發售的《世界上最可愛的妹妹》拿在手上，興奮地向朋友們炫耀。

我注視著她的手上——注視著自己的新刊。

「——」

然後與這群女孩子擦身而過。

……我低頭看向平板電腦，然後茫然地低聲說：

「剛才經過的女孩子……拿著我的新刊。」

「……真的？」

「嗯，我拚上全力撰寫文章，然後情色漫畫老師為我畫出超可愛插畫，這樣子完成的書——有人買下來了喔。」

「……好開心，呢。」

「嗯。」講話都變得有點鼻音了。「真開心……不安的心情，一口氣都被吹跑了。」

特地出這趟遠門真是值得。

努力寫作也有回報了。

因為能看到買了我們的書，而且還露出那麼開心的表情。

光是這樣，就有一百萬分的價值。

「哥哥，走吧。」

「嗯，走吧……不過，在這之前──」

我百感交集地回頭望了一眼。

雖然她的身影，已經距離我們很遠。

但我還是朝著她的背影祈願。

──希望我們所創造的小說，對妳而言會是本有趣的書。

今天是個讓人想要提筆寫作的晴朗天氣。

在眼睛都快睜不開的強烈陽光下──

我和妹妹，一起朝著書店邁進。

從秋葉原的書店，結束了和泉征宗發售會的現場視察（只是去偷看一下而已）之後，我馬上就回到家裡。

——早點回來喔。

雖然沒有對我說明理由，但總是跟妹妹約好了。

當我從玄關前抬頭往二樓偷瞄一眼時——

我看到戴著動畫面具的情色漫畫老師，從「不敞開的房間」窗戶另一頭看著我。

「…………………又來啦。」

上一次，我從集訓回來當天，向紗霧詢問說：「為什麼紗霧妳要戴著動畫的面具看著外頭——」

她本人說，「要是視線跟外頭的路人對上，就會死掉。」似乎是這樣。

……再說「有什麼要看著外頭的理由嗎？」但是她並沒有告訴我原因。

妹妹今天也戴著面具往外看。

也許是她注意到我正抬頭看她，於是唰！的就把窗簾拉上，隱藏自己的身影。

「……那到底是怎麼回事啊。」

雖然是第二次了，但這種超現實的感覺還是令我露出苦笑。

我跟往常一樣，打開玄關大門。

「我回來了！」

朝著二樓大喊。

即使知道不會有人回應。

接著——

咚、咚、咚。

「……咦……？」

咚、咚、咚。

從樓梯那傳來腳步聲。

「…………紗……霧？」

在茫然地自言自語的我面前，現在——

「妹妹從二樓走下來的身影」，出現在那裡。

這一年來，只要我在家時，就絕對不會走出房間的紗霧。

當「兩人的夢想」誕生之時，她曾經踏出過房間一步。

當最強的敵人，要把「兩人的夢想」擊潰時，她曾經下到樓梯的一半，即使雙腿發抖，還是斥喝對方。

就只有這兩次而已。

咚、咚、咚。

她用力抓緊樓梯的扶手，現在腳步也好像隨時會踏空一樣——

紗霧繼續向我走來。

最後……

………………咚。

走下樓梯的妹妹，到達我的面前。

「妳……」

因為太過震驚，所以讓我一時不知道該說什麼才好。

「…………哈啊…………哈啊……！」

紗霧氣喘吁吁地按著胸口，肩膀也不停地抖動。

「…………哈啊…………呼。」

當她稍微穩定下來時，我僵硬的嘴巴也終於能夠動彈。

「紗霧……妳已經能夠走出房間外頭了嗎？」

當我這麼問，紗霧搖搖頭。

「……只能一下下。現在還很勉強。」

證據就是她的膝蓋還在不停發抖。

額頭冒著冷汗，臉色也十分鐵青。

說得也是……不可能那麼輕易就完全治好。

一年前，當妹妹被強硬地帶出房間時的樣子，現在還烙印在我腦海裡。

當時在場的任何人都很清楚，這根本無計可施。

所以，我才會慎重地構築與紗霧之間的關係。

雖然很勉強，但也還是逼得監護人向我妥協。

我不認為其他人能夠理解。如果沒有親眼目睹到，絕對無法實際體會。

可是，我還是要重複強調——

「妹妹下樓來到玄關」這種「理所當然的事情」，對我來說是跟奇蹟沒兩樣的偉大成就。是會讓我高興到想要緊緊擁抱她來慶祝的事情。

「……真糟糕。我該說些什麼才好。」

是該開懷大笑呢？還是該喜極而泣？

「我一直，偷偷地練習。之前……雖然……還沒辦法……但今天，是會成為我們紀念日的一天……所以絕對要在這天之前……」

紗霧用手按住胸膛，呼吸了一口氣。

「能夠來得及，真是太好了。」

「────」

啊……我終於明白了。

當我從集訓回來那天，紗霧也在進行這項練習。

只不過，當時還沒辦法下樓來到這裡……因為那時候來不及，所以才會說「真抱歉」來向我道歉。

「妳啊……還真是那個……」

明明我……是不可能為這種事……生氣的說。

「真是個笨蛋。」

不要道歉啦。會害我想哭的啊。

「好過分，人家都這麼努力了。」

紗霧嘟著小嘴對我發出責難。

彷彿就像真正的妹妹一樣——為我扮演妹妹的角色。

雙腿發抖，冷汗直流，臉色也鐵青著——把這些都視而不見。

我們互相扮演著感情很好的兄妹。

「真的是笨蛋。怎麼可能有這種事……但是，妳好努力。很了不起喔。」

「哼，不要把人家當成小孩子……啊，你看，老是講些多餘的話，最重要的事情都忘記講了。」

我這笨笨的又很可愛的妹妹，高舉起今天才剛發售的新刊，很自豪地笑著。

「哥哥，歡迎回來。恭喜你新刊順利發售。」

「紗霧，我回來了。情色漫畫老師的插畫，書店到處都有展示喔。」

今天，我實現了兩個夢想。

「人、人家不認識叫那種名字的——」

「——我認識喔。一直以來真的很謝謝妳。」

然後……

「今後也，請多多指教。」

我們兩人會繼續實現夢想。

這條道路想必會很艱辛困苦。

但是，它絕對會成為讓我們笑口常開的道路。

「我才是，請多指教。」

情 ero manga sensei 色 漫 畫 老 師
情色漫畫老師
④
序 章

九月十二日。

距離我們的新作《世界上最可愛的妹妹》的發售日，已經過了兩天。

發售日兩天後——也差不多是看過新刊的讀者們，會開始慢慢傳回各種回響的時候了。

如果是新人作家，到這時期就會坐立難安地利用網路的討論區、書評網站或是推特之類，貪婪地收集自己作品的感想吧。

只不過對於把自我搜尋封印起來的我和泉征宗來說，讀者的感想要送到我手上，是要再以後點的事情了。

得等編輯把網路的感想整合起來給我閱讀，有人寄來讀者來信，或是直接從認識的人那聽到讀後感想——除了這些方式外，我無法得知讀者的感想。

現在，關於我們的新刊有什麼樣的感想在網路上錯綜複雜地交流著——要說不在意是騙人的，只不過拚了老命也要忍住吞下去就是我的風格。

既然會有像妖精這樣不停自我搜尋以及還對讀者感想抱怨的傢伙在，也會有像村征學姊這樣覺得完全沒有必要知道讀者感想的作家在。

總之，就是人有百百種吧。

好啦，話雖如此。

如果要問今天的我，是不是跟平常一樣坐立不安地期待著從讀者那傳回來的反應——答案是完全沒有那麼一回事。

現在不是擔心那種事情的時候。

因為有個超乎常理的情景出現在我眼前，它的威力足以把那些煩惱完全打飛到遠處。

只講重點的話。

我目前人在「不敞開的房間」裡。

有兩位超級美少女暢銷輕小說作家。

穿著色色的比基尼。

正在玩扭扭樂。

「已、已經是極限了！都快丟臉死了！竟、竟然有這麼羞恥的姿勢……！」

「呼呵呵呵，放棄吧村征！剛才本小姐也說過了——這就是情色漫畫老師所提出，讓征宗參加集訓的『條件』喔！事到如今可由不得妳拒絕！」

「就是要穿上這麼不知羞恥的裝扮玩扭扭樂嗎！這種條件！我從來沒聽妳說過啊！」

「因為本小姐覺得講了妳一定不會來，所以就沒說了。當然是故意的。」

「妳這傢伙！妳這個死傢伙……！」

「本小姐也很害羞啊，所以條件一樣吧。」

「不一樣……！絕對不一樣……！妳這個……變態暴露狂……！」

村征學姊跟妖精，兩人的姿勢都扭成一團了還繼續這麼鬥嘴。

在她們一旁，開啟情色漫畫老師模式的紗霧，盯著兩人煽情的模樣，渾然忘我地不斷素描。

如果是平常的紗霧，要讓其他人，包括我在內一次三個人進到房間，是絕對不可能發生的事情。

像這樣以情色漫畫老師模式失控中的時候……似乎就沒有問題。

即使如此，還是只有走出房間這件事沒辦法吧。

對紗霧來說「讓人進入房間」跟「自己走出房間」這兩者，看來有明顯的難易度區隔。

唰唰唰——快速描繪著插畫的情色漫畫老師，有時候抬起頭來，有如嚴格的電影導演般大喊：

「小村征，右手紅色！小妖精是左手黃色！啊啊真是的——這樣子看不清楚！」

情色漫畫老師把戴在臉上的動畫面具拉到一旁，露出楚楚可憐的臉龐。

這跟一般的遊戲規則不同，似乎是以能讓情色漫畫老師隨心所欲地指定各種煽情姿勢的形式來進行。

這個已經連遊戲都稱不上了吧。

「唔……說、說起來！征、征宗學弟！為什麼連你都在這個房間裡頭！這、這這這、這種狀況，就跟光明正大地坐在女性更衣室裡面沒兩樣啊！」

「就、就算妳這麼說！我也沒辦法啊！萬一情色漫畫老師繼續失控下去，到時能阻止她的就只有我而已！」

「講是那樣講，但你該不會只是想近距離觀看我們這羞恥的樣子而已吧！不然為什麼不現在就阻止！」

「那是誤會！妳看，從剛才開始我就一直用雙手遮住眼睛了！」

「直、真的嗎？該不會其實偷偷地從指縫間瞇著眼睛在偷看吧？」

「當然是真的！我什麼都看不見！如果這是由我當旁白的第一人稱小說，敘述上就會寫成『因為閉著眼睛所以什麼都看不見』這樣的文章了！」

我面向穿著色色的比基尼擺出不成體統姿勢的村征學姊，這麼說著。

「嗚、嗚嗚嗚……那樣的話，嗯……雖然不太好……但也許比較能接受……」

「嘴巴上這樣講，但小村征妳啊，其實很想給最喜歡的征宗看到自己煽情的樣子吧？」

「別、別說蠢話了！我、我才不是那麼不知羞恥的女人……！」

該說果然如此嗎？在集訓前就預料到的狀況，此時發生在我眼前。

「來，小村征，接下來是左腳藍色！」

「唔嗚嗚！」

情色漫畫老師真的毫不留情。

另外房間的電腦畫面上，正播放著情色漫畫老師的「插畫繪製影片」，村征學姊注意到那邊，於是慌忙地指著電腦螢幕。

「啊！等、等等！那個電腦！難道……難道說……該不會正在轉播現在這個房間裡的情況吧！」

再怎麼說也不可能啦。那樣會被站方營運給ＢＡＮ掉的。

情色漫畫老師也一邊快速下筆，同時這麼說：

「妳大可放心！那只是把上次的轉播，用時光機預約播放出來而已。」

她似乎是想要自己觀看自己的轉播，好進行檢查。

將需要反省的問題點等，反應在下次的實況轉播吧。雖然會佩服她真是個細心的人，不過這也是當然的。不只是繪畫，影片轉播對情色漫畫老師來說，也是很重要的活動。

這是家裡蹲的妹妹，能跟眾多支持者進行交流的特別場所。

只不過，因為她現在正在畫圖，所以我想大概也檢查不了什麼東西……但這就跟我執筆寫完之後，雖然沒啥意義也還是要檢查原稿是一樣意思吧。

「很好！我畫出非常棒的羞恥表情了！」

情色漫畫老師以爽朗的笑容，擦拭額頭上的汗水。

「呵嘿嘿，這張圖可以在下次轉播時讓大家看嗎？」

「本小姐無所謂。」「不行不行不行！會死！那樣子我真的會死！」

就在她們這麼吵吵鬧鬧地對話時——

噗滋！電腦的喇叭突然傳出雜音。

「奇怪？」「壞掉了嗎？」「會不會是報時啊？」「不對，這種不早不晚的時間不可能報時吧。」「反正一定是又追加了什麼奇怪的功能吧？」

大家進行著沒有答案的議論，並且注視著電腦螢幕。畫面上直到幾秒鐘前，都還播放著情色漫畫老師的「插畫繪製影片」，不過──

沙沙、沙、沙沙。

畫面突然在幾秒間化為雜訊──

噗滋！接著再度傳出雜音──畫面發生切換，一個奇特人物的上半身特寫，取代剛才的影片出現在螢幕上。

「！」「……什麼……」「這是……」

我們的視線，立刻盯著「那傢伙」不放。

沒錯，就算忽視這個狀況，還是個裝扮奇特的人物。

如果要我描寫「那傢伙」的話，一定會這麼寫吧。

戴著像是在祭典上買的動畫角色面具，還披上連帽外套的帽子，讓人摸不清他的性別。畫面那頭的房間不但很暗，再加上畫質不好所以無法判斷，不過看起來身材略為嬌小。

還真是充滿既視感的文章。不過，這也沒辦法。

「……這、這傢伙……」

因為那個外觀，對我們來說有著特別的意義存在。

「這傢伙，跟情色漫畫老師一模一樣啊！」

「不、不是我喔！」

就跟紗霧老實地用情色漫畫老師的聲音所否定的一樣，既然「本人」就在這裡，那麼畫面上的人物就不可能是情色漫畫老師。

如果這不是實況轉播而是錄影的話，結論也是相同吧。

畫面上這個「情色漫畫老師的複製品」，雖然外觀跟情色漫畫老師很相似——但還是有微妙不同的部分。

身上穿的連帽外套，以及臉上戴的動畫角色面具，都是黑色的。

「喔，這玩意兒已經在播放了嗎——」

出現在畫面上的「那傢伙」以粗野的語氣用機械語音說著。

「那傢伙」臉上面具的角色，也有如反派般露出無所畏懼的笑容。

完全就是符合角色形象的說話方式。

「那傢伙」有如頑童般「咿嘻嘻」的笑著。

「你有在看嗎，冒牌貨。」

「！」

我馬上看著妹妹的臉。因為這很明顯是對著「情色漫畫老師」所說的台詞。紗霧因為震驚而瞪大雙眼。

「冒牌貨……是、是在說……我……嗎……？」

「沒錯，用『情色漫畫老師』這種筆名，畫著只有外表跟『正牌』相似的插畫的人，就是你這傢伙吧！」

是偶然嗎？戴著黑色面具的「那傢伙」，彷彿直接看到紗霧的反應一樣，在完美的時機點回答。

「你給我聽好了——冒牌貨。」

他用大拇指指著自己的臉說：

「老子我才是『正牌』的『情色漫畫老師』啦！」

後記

我是伏見つかさ。非常感謝各位，肯把《情色漫畫老師》第三集拿在手上。第三集跟第一、第二集比起來，加入了比較多的戀愛喜劇要素。不知道大家覺得如何？如果方便的話，還請告訴我各位覺得那一集最有趣。

《情色漫畫老師》雖然以這本第三集作為「第一部完結」，不過託各位的支持與愛護，讓我能夠繼續撰寫下去了。

從第四集開始，將會進入全新的發展。

《情色漫畫老師》④　情色漫畫老師VS情色漫畫老師G。

雖然還只是暫定的標題，不過當這本書送到各位手中時，應該已經寫完不少進度了才是。敬請期待。

另外，我跟萬代南夢宮的關係非常良好。透過在前作遊戲化時受到諸多照顧的二見製作人，很爽快地就獲得在本作中提到名字的許可。真的非常感謝。

後記

這次有寫到關於讀者來信的話題，不過在寫完後一陣子，我收到了跟本作中的角色差不多厲害的讀者來信，讓我嚇了一大跳。

當東西從編輯部郵寄過來時，我還記得自己目瞪口呆地想著「這個巨大的物體是什麼？」。除了超大的全體角色集合插畫以外，還有非常非常厚重的熱情來信……小說所寫的內容，在發售前就發生在現實之中了。真的非常感謝您的來信。

這麼說來，第二集時收到的讀者來信裡頭，也有人預測到之後的發展以及場景了，「村征的某個場景」更是完美地被猜中。

從、從她穿著和服的時候開始，我就已經決定是這樣了喔！畢竟是大家都可能會想到的梗……而且那時候第三集已經寫完了，才、才不是採用了讀者的點子喔……雖然這種事很常發生，不過還是挺不甘心的。

從大家那裡收到的讀者來信，全都是我的寶物，跟角色週邊商品一起擺在專用的房間裡。因為也有擺不進玻璃櫃的巨大人物模型，所以漸漸變得越來越不得了。打掃也很辛苦，來檢查火災警報器的業者，每次也都露出「哇啊」的表情，要說缺點的話確實是缺點，不過這也是種幸福的煩惱。

接下來為了能讓寶物繼續增加，我也會持續努力奮鬥下去。

二〇一四年八月　伏見つかさ

情色漫畫老師

Kadokawa Light Novels

身為男高中生兼當紅輕小說作家的我，
正被年紀比我小且從事聲優工作的女同學掐住脖子 1~2 待續

Kadokawa **Fantastic** Novels

作者：時雨沢惠一　插畫：黑星紅白

時雨沢惠一X黑星紅白的新系列登場
超長書名謎底將於本集揭露！（非完結篇XD）

以高中生身分在電擊文庫出書成為作家的「我」，以及從事聲優工作的同班同學似鳥繪里，每週都會為了動畫配音工作搭乘這班特快車一次，在車上談論作家的工作——這讓我們持續通往無法回頭的終點……本集將解開本書超長書名的謎底！

台灣角川

各 **NT$220/HK$68**

國家圖書館出版品預行編目資料

情色漫畫老師. 3, 妹妹和妖精之島 / 伏見つか
さ作 ; 蔡環宇譯. -- 初版. -- 臺北市 : 臺灣角川,
2015.07
面 ;　公分

譯自 :エロマンガ先生. 3, 妹と妖精の島
ISBN 978-986-366-599-1(平裝)

861.57　　　　　　　　　　　　104009801

Kadokawa
Fantastic
Novels

情色漫畫老師 3
妹妹和妖精之島

（原著名：エロマンガ先生 3 妹と妖精の島）

2015年7月18日 初版第1刷發行
2019年6月28日 初版第5刷發行

作者：伏見つかさ
插畫：かんざきひろ
日版設計：伸童舎
譯者：蔡環宇

發行人：岩崎剛人
總經理：楊淑媄
資深總監：許嘉鴻
總編輯：蔡佩芬
編輯：陳凱筠
設計指導：陳晞叡
印務：李明修（主任）、黎宇凡、張凱棋

發行所：台灣角川股份有限公司
地址：105台北市光復北路11巷44號5樓
電話：（02）2747-2433
傳真：（02）2747-2558
網址：http://www.kadokawa.com.tw
劃撥帳戶：台灣角川股份有限公司
劃撥帳號：19487412
法律顧問：有澤法律事務所
製版：尚騰印刷事業有限公司
ISBN：978-986-366-599-1